奪　還

小杉健治

集英社文庫

目次

奪還

第一章　アリバイ

1

有原和樹《ありはらかずき》は定時に新橋《しんばし》の会社を出た。十月も半ばを過ぎ、かなり日が詰まってもう薄暗かった。だが、秋らしい爽やかな風が吹いていた。

新橋駅から銀座線に乗る。すし詰めの地下鉄を乗り換え、江戸川区西葛西《にしかさい》にある家に帰ってきた。

荒川と並んで流れる中川のそばで、近くに公園がある。マンションやアパートが立ち並ぶ一画に一戸建てが何軒か建っていて、その中に有原和樹の家があった。

隣家の主婦が玄関から出てきた。目が合ったので挨拶をし、家に向かった。

玄関に明かりが点《つ》いていなかった。鍵を差し、ドアを開けて家に入る。家の中も真っ暗だった。

妻の恵利《えり》は出かけているようだった。和樹の中でまたも猜疑心《さいぎしん》が頭をもたげた。妻に男がいるのではないかと思ったことが幾度もある。

恵利は学生時代の友達と頻繁に会っている。夕方に出かけ、帰ってくるのは夜中だ。終電が終わったあとにタクシーで帰ってくる。

女同士で話が弾んで時間を忘れたとか、カラオケに夢中になって、気がついたら終電が終わっていたとか言い訳をした。

ひと月ほど前も午前二時過ぎに帰ってきた。

男と会ってきたのではないかと疑うと、欲望が湧き起こった。

恵利の体に触れようとすると冷たく突き放された。なおも体を引き寄せようとしたら、突き飛ばすようにして激しく拒んだ。

「ごめん、疲れているの」

「男だな」

和樹はきいた。

「ばかなこと言わないでよ」

恵利は動揺していた。

「そんなに疑うなら、良美《よしみ》にきいてみたら。いつも、良美といっしょなんだから」

腑《ふ》に落ちなかったが、それ以上追及出来なかった。

それからも夜の外出は続いた。

恵利と出会ったのは神田にある小料理屋だった。会社の帰り、同僚の黒田真司《くろだしんじ》とよく寄る店だ。

カウンターに七人ほど座れ、口は悪いが気のいい、男勝りの女将《おかみ》がひとりでやっている。刺身や焼き魚、イカ焼き、肉じゃが、キンピラなどが勝手に出てくる。気取りがなく、ひとりでぶらりと入っていける気安さがあった。なにせ安くてうまかった。だから、いつも混んでいて、カウンター席に座れず、その後ろで立ったまま呑《の》んでいる客も少なくない。

恵利と良美も座る席がなかったある日、ちょうど和樹と黒田の後ろで呑みはじめた。恵利はボブヘアで、少年ぽい雰囲気を持った女だった。良美はロングヘアで、細面の美人である。和樹が気になったのは良美のほうだった。

それからもたびたび店で会った。ふたりは学生時代からの友人で、共に赤坂にある会社に勤めているのでしょっちゅう会っているとのことだった。

その後、和樹は良美ではなく恵利に惹《ひ》かれていった。なぜだか自分でもわからなかった。もしかしたら、恵利が関心を持ってくれたので、自然に気持ちが向いていったのかもしれない。ふたりが結婚をしたのは十年前、和樹が二十八、恵利は二十五歳のときだった。

結婚して七年後、恵利は妊娠した。恵利も三十を過ぎ、半ば諦めかけていただけに子どもが出来た喜びは一入《ひとしお》だった。それからは、子どものいる人生設計を考えた。恵利のお腹《なか》が大きくなっていくにつれ、和樹の喜びも増していった。男の子か女の子かわからないのに、名前を考えたりした。

そして、子どものためを思い、広い部屋に引っ越すことも考えた。どうせなら一軒家がいい。それで、北海道の函館にある実家の援助を得て、西葛西に一軒家を購入した。中古だが、二階建ての住みやすい家だった。

しかし、仕合わせの絶頂にあったふたりの前に不幸が、かまくびをもたげて待ち構えていた。

西葛西の家に引っ越した直後、恵利が流産したのだ。それから、坂道を転げ落ちるようだった。

携帯で恵利にメールをしたが返事はなく、電話もかけたが出なかった。腹立たしくなり、思わず、良美に電話をした。

すぐに良美が出た。

「もしもし」

「有原です」

和樹は思わず声が喉に引っ掛かる。

「あら、珍しいわね。どうかなさったの？」

「今日は恵利といっしょですか」

「どうして？」

「いえ。ちょっと今、お話をしていいですか」

「少しくらいなら」

いざ口にしようとして、和樹はためらった。確かめるのが怖かった。

「なんですか」

良美が声をかける。

「じつは恵利のことですが、最近は毎週のように夜出かけ、帰ってくるのは午前二時過ぎです」

「…………」

「いつもあなたといっしょだったんですか」

「ええ、まあ」

良美は曖昧に答える。

「いつもいっしょというわけではなかったのですね」

和樹は確かめる。

「でも、たいていは……」

「先週はどうでした？」

「先週ですか。どうだったかしら」

良美は用心深くなっている。やはり、良美は恵利のアリバイ作りの片棒を担いでいるようだ。

「いっしょじゃなかったんですね」

「いえ、いっしょだったかも」

「いつですか。恵利と会ったのは？」

「有原さん、いったいどうしたというのですか」

良美がきいた。

「いえ、ただ、恵利があなたといつ出かけたのか知りたいんです」

「どうして？」

「ただ、ききたいだけです」

和樹はいらだったように言う。

「だって、わけもわからないのに」

「なぜ、隠すんです」

「別に隠してなんか」

「あなたは知っているんですね」

「何をですか」

「恵利に男がいるんでしょう」

「何を仰《おつしや》っているのか……」

良美はたしなめるように言う。

「考え過ぎよ」

「いつも良美さんといっしょだと言ってました」

「……」

「最近、恵利と夜に会っていた日を教えてください」

「そんなの覚えてないわ」

「言えないのですね。あなたも恵利に手を貸しているんだ」

「……」

「おかげではっきりしました」

「あっ、待って」

良美が叫んだが、和樹は電話を切った。

茫然《ぼうぜん》とした。もはや、恵利に男がいることは間違いなかった。

午後八時になった。まだ帰ってこない。むしゃくしゃしてじっとしていられなかった。

和樹は家を出た。

駅前には大衆酒場が何軒かある。ほとんど地元では呑まないが、和樹は『酒政《さけまさ》』という呑み屋に入った。

右手にカウンターがあり、左手にテーブルが四つ並んでいた。カウンターもテーブル席も埋まっていた。

諦めて引き上げようとしたとき、奥のテーブルの三人連れの客が立ち上がった。店員がテーブルを片づけるのを待って、そこに落ち着いた。

壁にメニューが貼ってある。酎ハイに刺身の盛り合わせと焼き鳥を頼んだ。

和樹は酎ハイを呑みながら、もうだめかもしれないと思った。

恵利のほうが和樹との結婚に積極的だった。結婚当初はマンションに住んでいたが、子どもが出来たとき一軒家が欲しいと言い出したのも恵利だ。

函館で佃煮《つくだに》屋をやっている父に頼み、生前贈与ということで一千万を出してもらい、二十年ローンで中古の家を購入した。

あのころは仕合わせだったと、和樹は顔をしかめた。

グラスが空になり、酎ハイをお代わりする。

店員が近づいてきて、

「相席、お願いできますか」

と、一方的に言う。

和樹は黙って頷《うなず》く。

軽く会釈をして、四十半ばぐらいの暗い感じの男が斜向《はすむ》かいに座った。髪は短く刈り上げている。よれよれの黒い上着を着ていた。頬がこけ、頬骨が突き出ている。痩せているせいか、顎が尖《とが》って見える。眉毛は濃く、目は大きい。

男はビールに焼き鳥を頼んだ。和樹も酎ハイをお代わりした。

離婚という言葉が初めて出たのは二カ月前だった。

夜中に帰ってきた恵利に、和樹は何をしてきたのだと問い詰めた。男といっしょだったのだろうと言うと、彼女は離婚を口にした。そのとき、初めて手を上げた。彼女の頬を平手打ちしたのだ。

相席の男は眉根を寄せビールを苦そうに呑んでいた。ふと、胸ポケットからはみ出た竹の薄い板に目がいった。紐《ひも》がついている。

思わず見つめていると、男が顔をこっちに向けた。

「すみません。それ、ひょっとしてムックリですか」

和樹はきいた。

男は戸惑っていたが、

「そうです」

と、ポケットから取り出し、手渡した。

少し変色している。古いものだ。弁を振動させ、その小さな音を口の中で響かせて鳴らす口琴《こうきん》という楽器の一種だ。

「ずいぶん古いものですね」

和樹は返しながらきいた。

「ええ」

「鳴るんですか」

「鳴りますよ」

「聞かせてもらえますか」

「ここではちょっと」

「そうですよね、すみません」

和樹は素直に謝った。

「私は函館の出身なんです。高校のとき、平取《びらとり》のアイヌ文化博物館で演奏するのを見ました。変わった楽器だったので、自分でもやってみたいと思いました」

和樹は懐かしく回想した。

「そうですか。函館ですか」

「ええ、高校を卒業して十八歳で東京に出ました。二十年前です」

「二十年前……」

男は暗い目を細めた。

「あなたも北海道ですか」

和樹はきいた。

「………」

男は答えずグラスを口に運んだ。

「私は有原和樹と言います。あなたはこの近所にお住まいですか」

和樹は名乗ってからきいた。

「ええ」

男は頷いたが、それ以上言葉は続かなかった。何か声をかけようとしたが、男はこっちを見ようとしなかった。

男は通り掛かった店員に日本酒を頼んだ。

和樹もお代わりを頼んだ。銚子《ちょうし》が運ばれてきて、男は呑みはじめた。新しい酎ハイが届いて、和樹はグラスを摑《つか》む。男は和樹のことなど忘れたように酒を呑んでいた。

和樹の脳裏を恵利の顔が掠《かす》め、再び胸が騒ぎ出した。恵利は俺を裏切っている。いつからだろうかと考えた。

帰りが午前二時をまわることが当たり前になってきたのは半年前からだが、夜の外出をはじめたのは二年くらい前からだ。

恵利が変わったのは流産してからだ。かなりのショックだったようだ。

恵利は子ども部屋にするはずだった部屋に閉じこもりがちになり、和樹が声をかけても、反応は鈍かった。生気を失った顔を見るのは辛《つら》かった。子どもはまた出来ると言ってもだめだった。

このまま家に引きこもっていては体にも心にもよくないから、外に連れ出し元気づけてやりたいと良美から言われたとき、ぜひそうしてやってくれと言ったのだ。

恵利が夜遊びに行くことを許したのは女同士だという安心感もあったからだ。だが、女同士でスナックに行き、男と知り合ったのではないか。

午前さまでも必ず彼女は帰ってきた。泊まってくることはない。それに、旅行をしたこともない。

相手は奥さんのいる男かもしれない。

勝手に思いをめぐらせ、胸をかきむしる。ふと、気がつくと、相席の男がいなかった。入口近くのレジで金を払っていた。腕時計を見た。十一時になるところだ。和樹もグラスの残りを呑み干して立ち上がった。

店を出て、家に向かった。

真っ暗な家に帰った。まだ、恵利は帰っていないようだ。和樹は鍵を鍵穴に差したが、手応えがなかった。

三和土《たたき》に恵利の履物があった。恵利が帰ってきているようだ。電気が消えているのは自分の部屋にいるのだろう。怒りを抑えようとすると、胸がむかついてきた。恵利と顔を合わせたらまた激しい口論になりそうだ。

和樹は深呼吸をした。自分は恵利と離婚出来るだろうか。いや、不倫している女といっしょに暮らすことなど出来ない。

リビングに入り、明かりを点けた瞬間、床に倒れている恵利を見つけた。

「どうした？」

あわてて、恵利を抱き起こそうとした。が、顔は土気色で、唇から舌が出ていた。頭の下の床が血で濡《ぬ》れている。和樹は茫然と立ちすくんだ。

が、はっと我に返り、救急車を呼び、警察にも電話をかけた。

2

十一月一日の夕方、虎ノ門にある柏田《かしわだ》四郎《しろう》法律事務所の鶴見《つるみ》京介《きょうすけ》宛てに電話があった。相手は有原和樹と名乗った。

その名を聞いて、京介はとっさに西葛西で十日前の十月二十二日に起きた主婦殺人事件を脳裏に浮かべた。マスコミ報道では夫に疑いが向けられている。

「ご相談したいのですが」

和樹が焦ったような声で言う。

「わかりました。事務所までお越し願えませんか」

「これからでよろしいでしょうか。今、ビルの下にいます」

「そうですか。では、お待ちしています」

京介は電話を切った。

京介は札幌市内にある札幌中央第二中学校から市内の高校に進学。それから、東京の大学の法学部に入って四年のときに司法試験に合格し、大学を卒業後に二年間の司法研修生の生活を経て、この事務所に世話になって十年近く経《た》った。

すぐに有原和樹がやって来た。

京介は執務室に案内し、応接セットで向かい合った。和樹は目鼻だちの整った顔に不安の色を浮かべていた。

「じつは函館にいる兄が函館弁護士会の板室《いたむろ》先生に私のことを相談したところ、鶴見先生を頼るよう教えてくれたそうです」

「そうですか。板室先生から」

板室貞治《さだはる》弁護士は四十歳ぐらい、小肥《こぶと》りのいかにも精力的な感じの男だった。函館の五稜郭《ごりょうかく》中央ビル六階に法律事務所を構えている。ある事件が縁で知り合った。

「マスコミは妻殺しの犯人を私と決め付けています。警察も私を疑っているのか、任意で何度も事情聴取を受けています。なんだか、だんだん私が犯人だという空気になっていくようで」

和樹は暗い顔になった。

「詳しいお話を伺いましょうか。まず事件の状況から」

京介はノートを広げ、ボールペンを手にした。

「私は妻の恵利と結婚して十年になります。妻は三歳下の三十五歳です」

和樹は語り出した。

「三年前に妻は流産しました。その悲しみを癒すために、友達と夜に外出するようになりました。以来、妻は夜遊びが激しく、最近では毎週金曜日には必ず外出するようになり、帰宅も午前さまでした。そのことで喧嘩《けんか》が絶えなく、そのうち妻に男の影が……」

要点をノートに記しながら、京介は話を聞いていた。

「十月二十二日の夜です。私は会社を定時に終えて帰宅しましたが、妻は家にいませんでした。八時を過ぎても帰ってきません。携帯に電話をしても出ません。メールにも返事がありません。私は怒りが込み上げてきて、家を飛び出し、西葛西駅の近くにある呑み屋に行きました。『酒政』という初めての店です」

和樹は大きく息を吐き出して続ける。

「その店を出たのは十一時前です。十分足らずで家に着きます。玄関の鍵が開いていて、三和土に妻の履物がありました。でも、家の中は真っ暗でした。自分の部屋に入ったのだと思いながらリビングの明かりを点けたら……」

和樹はぶるっと体を震わせ、

「床に倒れている妻を抱き起こしましたが、頭から血が流れていて、顔は土気色でした。急いで救急車を呼び、警察にも電話をかけたんです」

「なるほど」

京介は頷き、

「で、救急車が来たとき、奥さんは？」

「すでに死んでいました」

「死因は？」

「頭を殴られたことです。警察の調べで、凶器はリビングに飾ってあったバットでした」

「バット？　野球のバットですか」

「そうです」

「どうして、リビングにバットが？」

「私が高校のときに使っていたものです。じつは野球部でして、地方予選の決勝戦で、あのホームランを打ったのです。試合には負けて、甲子園の夢は叶《かな》いませんでしたが、あのホームランは一生の思い出なんです。だから、ずっと持っていたんです。そんな大事なバットを人殺しに使うなんて」

「なぜ、警察はあなたに疑いを？」

京介はきいた。

「妻との不仲です。妻は不倫をしているようでした。妻とは口喧嘩が絶えず、罵り合う声は隣家にも聞こえていたようです」

「動機があるということですね」

「はい。それから、事件の夜、私が帰宅したのを隣家の奥さんが見ていました。それに、八時少し前に、妻の友達に電話したんです。恵利がまだ帰っていない、男といっしょなのではないかとききました」

「あなたが八時過ぎに家を出たときは、誰にも会わなかったのですね」

「はい」

「犯行時刻は何時ごろなのでしょうか」

「警察は十時前後と言ってました」

「つまり、事件の夜、あなたは自宅にいたということにされたのですね」

「そうです。その八時半ごろから十一時近くまで『酒政』という呑み屋にいたと言ったのですが……」

「店員が覚えていなかったのですね」

「そうです。店員はあまりいなかったんです。忙しそうに動き回っていたので覚えていなかったのでしょうが」

「領収書や明細書はもらわなかったのですか」

「いらないと言いました。もらっておけばよかったと」

「何を頼んだか覚えていますか」

「酎ハイを三杯か四杯、刺身の盛り合わせに焼き鳥……」

京介はノートに記した。

「警察は、奥さんの相手の男性のことを調べていると思いますが、何か聞いていますか」

「いえ、何も教えてくれません」

「奥さんの友達も知らなかったのでしょうか」

「知っているはずです。でも、教えてくれません」

「友達の名は？」

「寺山《てらやま》良美さんです。中学時代からの親友です」

「あなたの親しい友人はどなたですか」

「同僚の黒田真司です。春日部《かすかべ》に住んでいます」

「黒田さんは、あなたと奥さんがうまくいっていないことをご存じなんですか」

「相談していましたから」

「黒田さんはなんと？」

「私の話から、間違いなく不倫をしていると言ってました。でも、離婚は思い留《とど》まるようにと」

「どうして離婚を思い留まるようにと？」

「不倫は一過性だって言うんです。いずれ、熱が冷めたら戻ってくるからと。でも、そんなのに耐えられませんから」

「黒田さんは奥さんの相手の男性をご存じなんですか」

「一度、妻が五十歳ぐらいの紳士と歩いているところを見たそうです。ふたりは親しそうだったと。あとで調べたらその夜、妻が帰ってきたのは午前二時過ぎでした」

「奥さんが離婚を口にしたことは？」

「喧嘩の最中に売り言葉に買い言葉のような形で言われたことはありますが、本気で話し合ったことはありません。私との仲は冷えきっていましたが、離婚すれば生活に困るから、私といっしょにいたままで好き勝手なことをしていたかったのだと思います」

「あなたは、それに対してどう思っていたのですか」

「腹が立ちました。許せませんでした」

「離婚する覚悟は出来ていたのですか。それともなんとかやり直したいという気持ちのほうが」

「わかりません。ただ、もう長続きはしないと思ってました。でも、裏切られたまま離婚だなんて納得がいきません」

「奥さんがいつから不倫をしていたか心当たりはありますか」

「二年前からだと思います」

「あなたが不倫を疑いはじめたのはいつごろですか」

「半年前です。テーブルに置いてあった妻の携帯を何気なく見たんです。そしたら、知らない男からの着信履歴がたくさん表示されていました。それから、妻を疑うように」

「不倫をしているか確かめようとしたのですか」

「いえ、自分が惨めになるので」

「でも、黒田さんには相談したのですね」

「はい」

「奥さんの葬儀には不倫相手と思われる男は来たのでしょうか」

　京介は確かめた。

「黒田に参列者を見てもらっていましたが、妻といっしょに歩いていた男は見当たらなかったようです」

「そうですか」

「いくら不仲になっていたとはいえ、十年もいっしょにいた妻が死んだんです。警察はそんな私の悲しみなど少しも考えてくれません」

　和樹は苦情を言って、

「いったい、誰が妻を殺したのか」

と、溜《た》め息をついた。

　京介は話を聞き終えてから、

「今度、警察に呼ばれたら、私に連絡してください」

「わかりました。よろしくお願いいたします」

　和樹はほっとしたように言って立ち上がった。

「有原さんは函館のどちらですか」

　京介も立ち上がってきいた。

「福島町《ふくしまちょう》です。青函《せいかん》トンネルの入口があるところです」

「高校は函館ですか」

「ええ。大学は東京です。鶴見先生も函館なんですか」

「いえ、私は札幌です」

「そうですか。では、よろしくお願いいたします」

和樹は引き上げた。

三日後の十一月四日の朝、携帯に有原和樹から電話がかかった。

「先生、今警察が来て、任意同行を求められました。着替えるからとことわって、玄関の外で待ってもらっています」

「こんなに早い時間に？」

京介は不安を覚えた。

「この電話、警察のひとに代わってもらえますか」

「わかりました」

ドアの開く音とともに、和樹が何か言っている声が聞こえた。

やがて、相手が電話に出た。

「もしもし」

「すみません。弁護士の鶴見と申します。有原和樹さんの任意同行ですが、私が行くまで待ってもらえますか」

「どうしても至急確かめたいことがあるのです。葛西中央署に来ていただければ」

「すぐ伺います。私の立会いのもとで話をお伺いしますので。どなたを訪ねればよろしいですか」

「私は警視庁捜査一課の警部補の重森《しげもり》です」

相手は名乗って、電話を切った。

京介は着替えてマンションを出た。

一時間足らずで東西線葛西駅を出て葛西中央署に着いた。

一階の受付の前に立ち、

「今朝、こちらに来ている警視庁捜査一課の重森警部補をお願いできますか。私は弁護士の鶴見と申します」

と、伝えた。

「少々お待ちください」

内線をかけた女性が受話器を置き、

「二階にお上がりください」

と、言った。

京介は階段で二階に上がった。刑事課のあるフロアだ。私服の男がやって来た。

「鶴見先生ですね。先ほどは電話で失礼をしました。警視庁捜査一課の重森です」

「改めまして、鶴見です。で、有原和樹さんは？」

「どうぞ、こちらに」

重森の案内で、衝立《ついたて》で仕切られた場所に案内された。テーブルをはさみ、椅子が二脚ずつ並んでいる。

「有原和樹はつい先ほど逮捕いたしました」

「逮捕ですって。ずいぶん、急ではありませんか」

「世間は夫の関与を疑うマスコミ報道であふれ返っており、このままでは逃亡の恐れ、あるいは自殺の可能性もあると考え、身柄を確保しました」

「自殺の可能性？」

「だいぶ、追い詰められているようです。周囲のひとも、情緒不安定になっていると心配していましたので」

「有原和樹さんに会わせていただけますか」

「有原和樹は留置の手続きを終えて取調べに入っています。終わり次第、接見していただきます」

「何時ごろになりそうですか」

「お昼までには」

「取調べを中断してでも接見させてもらえませんか」

「先生は有原和樹と打ち合わせ済みなのではありませんか」

「まさか。こんな早く逮捕されるとは思っていませんでしたので」

「切りのいいところまでお待ちください。その代わり、お話し出来ることはお話しします」

重森は言った。

「では、逮捕の決め手を教えていただけませんか」

京介はきいた。

「あとで、被疑者から聞けばわかることですが、一番の決め手は有原和樹と妻恵利の不仲です。ふたりの仲は完全に冷えきっていたようです。次に、事件当夜、自宅には有原和樹と妻恵利のふたりしかいなかったということです」

「有原和樹さんは犯行時刻に西葛西駅前の『酒政』という呑み屋にいたと主張しているはずですが」

「その確認はとれませんでした」

「とれない？」

「そうです。店員も覚えていません。それに、有原和樹の携帯のロケーション履歴に『酒政』の記録がないのです」

ロケーション履歴とは、位置情報サービスを使って、訪れた場所を記録する機能のことである。

「ロケーション履歴をオフにしていたのではありませんか」

「いいえ、オンのままです。翌二十三日のロケーション履歴は保存されていましたから。それに、本人もオフにしていたとは言っていません。ただ、外出するとき、携帯を自宅に忘れたままだったかもしれないと、あとから言い出しました」

「あとから？」

「事件から数日後に任意で携帯の提供を受けて調べました。事件当夜のロケーション履歴がないと追及すると、そんなはずはないと訴えていました。それから、しばらくして、家に携帯を忘れて『酒政』に出かけたと言い出したのです」

「………」

「それから、室内が荒らされた形跡も、盗まれたものもなく、物取りの犯行という線はありません。犯人は被害者と顔見知りだと思われます。以上のように合理的な疑いから有原和樹の逮捕に踏み切ったのです」

重森警部補は自信に満ちた表情で言う。

「被害者には他に男性がいたそうですが、不倫相手は特定出来たのですか」

「ええ」

「誰ですか」

「まだ、教えるわけにはいきません」

「なぜ、ですか」

「プライバシーの問題があります」

「その日、被害者は外出していたようですが、何をしていたのかわかっているのですか」

「いえ、被害者の行動は不明です」

「不倫相手と会っていたのでは？」

「いえ、違います」

「どこに行っていたのかも、わからないのですか」

「わかりません。携帯のロケーション履歴はオフになっており、行動は確認出来ませんでした」

なぜ、オフになっていたのか。普段からオフにしていたのか。気になったが、京介は質問を先に進めた。

「一番の決め手は有原和樹さんと妻恵利さんの不仲ということでしたが、奥さんが不倫をしていたら、当然ふたりの仲は険悪になるでしょう。それが殺しの動機になりましょうか」

「じつは、九月初め、妻の恵利は警察にＤＶの相談に来ていたのです」

「ＤＶですって？」

京介は思わず声を高めた。

「それに、被害者は離婚を考えていたようです」

「離婚ですか……」

「詳しいことは、有原和樹から聞いてください」

重森警部補は時間を気にしてから、

「どうしますか。ここでお待ちになりますか。それとも出直されますか」

「ここで待たせていただきます」

「わかりました」

重森警部補は立ち上がって離れていった。


それから一時間ほどで、京介は有原和樹と接見室で向かい合った。

「取調べはどうでした？」

「どうして私に不利な証拠ばかりが……」

和樹は憤然として言う。

「妻は警察にＤＶの相談に行っていたというのです。私はＤＶなんてしていません」

「あなたはそのことを知らなかったのですね」

「はい。何がなんだかわかりません」

「警察はなんと？」

「恵利は私のＤＶに耐えかねて離婚をしようとしていた。事件の夜、八時過ぎに帰った恵利とそのことで口論となって、かっとなった私がバットで恵利の後頭部を殴って殺したと」

「そのバットはあなたの大事なものだと訴えたのですか」

「それが……」

和樹は口ごもった。

「何か」

「妻はそのバットで何度か殴られそうになったとＤＶの相談のときに警察に言っていたそうです」

「それは警察が言っていることですね」

「そうです」

「『酒政』の店員は、あなたのことを覚えていなかったということですね」

「ええ」

「『酒政』に行ったとき、あなたは携帯を持っていかなかったのですか」

「充電していて忘れました。でも、警察は信用してくれません」

「忘れたことを証明することは出来ませんか。充電中、どなたかから電話かメールが入っていたとかは？」

「いえ。電話もメールもありませんでした」

電話に出なかったとしても、持っていなかったという証拠にはならない。出られなかったという解釈も出来る。

「ともかく、やっていないことはやっていないとはっきり主張してください」

「はい」

和樹は不安そうに頷き、

「函館にいる兄に、知らせていただけますか」

「わかりました」

京介は兄の和雄《かずお》の携帯の電話番号をきいた。

3

翌日も京介は葛西中央署の玄関を入り、受付に向かった。

それから三十分後、有原和樹と接見した。和樹はさらに元気をなくしていた。

「何か言われましたか」

「寺山良美さんが、妻から私との離婚について相談されたというのです。離婚を口にしたら、今度そんなことを言ったら、おまえを殺して自分も死ぬと言われたと妻が言っていたそうです。どうして、こんな嘘《うそ》を……」

「嘘というのは、寺山良美さんが嘘をついていると？」

「ええ」

「なぜ、寺山さんはそんな嘘をつく必要があったのでしょうか」

「それは……」

和樹は開きかけた口を閉ざして俯《うつむ》いた。だが、すぐに顔を上げた。

「私が恵利を殺したと思い込んで……」

「殺したと思い込んでいれば、わざわざ嘘をつくまでもないと思いますが」

「じゃあ、恵利はほんとうに、寺山さんに離婚の相談をしていたんですか」

「あとで、寺山さんに確かめてみます」

京介は言ってからもう一度きいた。

「奥さんから離婚を切り出されたことはなかったのですよね」

「はい」

和樹は溜め息混じりに言う。

「もし、切り出されていたらどうしましたか。離婚を受け入れましたか。それとも拒否しましたか」

「すっかり冷えきっていました。別に好きな男が出来たのですから、私のことなどはもはや眼中になかったのです。そんな女といっしょにいても、こっちが傷つくだけです」

「受け入れたというのですね」

「はい」

「未練は？」

「ありません」

「しかし、あなたは奥さんが帰ってこないことでかなり怒っていましたよね。嫉妬からではないのですか」

「裏切られたことへの怒りが……」

和樹は複雑な感情を口にした。

「その他に、警察は何を？」

「それだけです」

「そうですか。やってもいないことをやったと認めてはいけません」

「はい」

京介は接見を終えて、葛西中央署を出た。

秋の風が心地よい。だが、京介の心は重かった。有原和樹に不利なことばかりだ。

人気のない路地に入り、黒田真司に電話を入れた。

「私、有原和樹さんの弁護人の鶴見と申します。黒田真司さんですね」

「そうです。彼、どうなんですか」

黒田は焦ったようにきいた。

「そのことでお話をお伺いしたいのですが」

「わかりました。会社まで来ていただければ、抜け出せますので」

会社の場所をきき、

「では、十一時にお伺いします」

と言い、電話を切った。

内幸町《うちさいわいちょう》にあるビルに着いて、携帯で黒田に連絡した。

十分ほどして、長身の男が近づいてきた。

「鶴見先生ですか。黒田です」

眉毛が濃く、彫りの深い顔だ。

「お仕事中、すみません」

「いえ、有原のためですから」

鶴見の名刺を受け取り、黒田も名刺を出す。

「事務所は虎ノ門ですか。近いですね」

「ええ。どこかお話し出来る場所に行きましょう」

「このビルの地下に喫茶店はありますが、混みます」

結局、ふたりは日比谷公園に足を向けた。

「ほんとうに有原和樹さんが奥さんを殺したと思いますか」

公園に入ってから切り出す。

「いや。有原はそんなことをするはずはありません」

黒田は否定し、

「疑いが向けられたあと、有原に会いましたが、俺はやっていないと言ってました」

「恵利さんは不倫をしていたそうですが、間違いないのですか」

「間違いないと思います。一度、五十歳ぐらいの男性と親しそうに歩いているのを見たことがあります」

「名前はわかりませんね」

「わかりません」

ベンチのそばで立ち止まった。

「有原さんは不倫相手を見つけようとしたのですか」

「いえ、そこまでしていないはずです」

「恵利さんをご存じなのですね」

「ええ。彼女と出会ったとき、私もいっしょでしたし、結婚式にも出席しました」

小料理屋で知り合ったときのことを、黒田は話した。

「やっぱり、流産です。あれから彼女はひとが変わってしまったようです。夜遊びが過ぎると、有原はこぼしていました」

黒田は表情を曇らせた。

「喧嘩はしていたのですか」

「していたようです」

「有原さんはかっとなって暴力を振るうことはあったのでしょうか」

「有原はそういうタイプの人間ではありませんから」

「でも、あなたの知らない面があったとは思いませんか」

「いえ、そんなことはしないはずです」

「あなたは寺山良美さんをご存じですね」

「ええ、知っています。初めて出会ったとき、寺山さんもいっしょでしたから」

「寺山さんから、有原夫妻の様子を聞いたことはありますか」

「いえ、ありません」

「あなたは警察から何をきかれましたか」

「ええ。有原が恵利さんに暴力を振るっていたのではないかと」

「なんと答えたのですか」

「そんなことないと言いました」

家庭内でのことを、相手が親友でも喋《しゃべ》るはずはない。黒田が否定しても、それで有原の暴力がなかったという証拠にはならない。

「事件のことで、寺山さんと話をしましたか」

「ええ、電話で話しました」

「寺山さんはどう思っているようでした？」

「…………」

黒田からすぐに返事がなかった。

「どうなのですか」

京介はもう一度きいた。

「彼女は有原を疑っていました」

「根拠はなんでしょうか」

「恵利さんから、暴力を振るわれていると、相談を受けていたそうです。だから、警察に相談するように言ったそうです」

「あなたはどう思われましたか」

「有原がそんなことをするなんて信じられません」

黒田の話は、感想ばかりで、証拠になるようなものはなかった。

「わかりました。何かあったらまた、お伺いするかもしれません」

京介は礼を言い、ふたりで来た道を戻った。

「最近の有原さんの様子はどうでしたか」

少し考えたあと、黒田はおもむろに口を開いた。

「家庭がうまくいっていないせいか、少し酒の量が多いかなと。この半年ほど、特に覇気がなかったんです。心に屈託を抱えていたのだと思います」

会社の近くで黒田と別れ、京介は虎ノ門の事務所に戻った。


自分の執務机に鞄《かばん》を置き、椅子に腰を下ろした。

留守中の電話に折り返しの連絡を入れたあと、寺山良美の携帯に電話をした。

「もしもし」

相手が出ると、

「有原和樹さんの弁護人の鶴見と申します。寺山良美さんですね」

と、きいた。

「はい。そうです」

「お話を伺いたいのですが、会っていただけないでしょうか」

「構いませんけど」

「ありがとうございます。で、どちらにお伺いすればよろしいでしょうか」

「会社は赤坂です。でも、赤坂ではお話が出来る場所がないかも」

「そうですね。私の事務所は虎ノ門なんです。よろしければ事務所まで来ていただけませんか」

「わかりました。五時半ごろに事務所に行きます」

「すみません」

京介は事務所の場所を教えて電話を切った。

夕方まで、他の事件の依頼人との打ち合わせや、民事訴訟の答弁書の作成などをし、気がつくと窓の外は暗くなっていた。日がどんどん短くなっていく。

五時半過ぎに寺山良美がやって来た。

京介は執務室の応接セットで向かい合った。数日前に、有原和樹が座った場所だ。

「殺された恵利さんとは長いお付き合いなのですか」

「中学からずっと。二十年以上の付き合いです」

「有原和樹さんは奥さんを殺したことを否認しています。あなたは、有原さんが恵利さんを殺したとお思いですか」

　京介はきいた。

「はい。そうとしか考えられません」

「それはなぜですか」

「有原さんから暴力を振るわれていると聞いていたからです。ただ、それは恵利も悪いんですけど」

「どういうことですか」

「恵利は不倫していたんです」

「あなたは知っていたんですか」

「はい」

「では、相手のことも？」

「知っていました。恵利とよく行くスナックの常連のお客さんでしたから」

「なんという名前か教えていただけませんか」

「私から話して、そのひとに迷惑がかかっては……」

「でも、恵利さんは殺されているんです。責任の一端はその男性にもあるんじゃありませんか。それに、警察はすでにその方に会っているようですから」

「……」

「わかりました。警察から聞くことにします」

「いえ。名前は信楽良一《しがらきりょういち》さんです。奥さんもお子さんもいます」

「あなたは、恵利さんの不倫に手を貸していたのですか」

「そうですね」

良美は認めた。

「事件の日、恵利さんは外出していました。どこに行ったのかわかりませんか」

「わかりません」

「信楽さんと会っていた可能性はあるでしょうか」

「いえ、ないと思います。信楽さんと会うときは、いつも私に連絡がありましたから。私といっしょだということにするために」

「事件の夜、有原和樹さんはあなたに電話をしていますね」

「ええ」

「何時ごろでしたか」

「帰宅した直後でした。八時ごろだったと思います」

「内容は？」

「恵利は外出しているようだが、今日は恵利といっしょなのかと」

「あなたは何と答えたのですか」

「曖昧に答えると、恵利に男がいるのではないかときいてきました。恵利は最近は毎週のように夜出かけ、帰ってくるのは午前二時過ぎだと。私が恵利をかばっていることに気づいているようでした」

良美は眉根を寄せた。

「その他には？」

「いえ、それだけです」

「有原和樹さん以外に犯人がいるとは考えられませんか」

「私には思い浮かびません。恵利は有原さんから暴力を受けていたのです。バットを振り回してきたこともあったそうですから」

良美はさらに続ける。

「恵利は、有原さんは紳士的で穏やかな感じに見えるけど、ほんとうは嫉妬深く、短気で、かっとなるとひとが変わってしまうと言ってました」

「あなたは、有原さんのそのような性格を感じたことはありますか」

「いえ、ありません。いつも穏やかな感じでした。ただ、事件の夜の電話の口調はちょっと激しかったので、恵利の言っていることはほんとうかもしれないと思いました」

「恵利さんは、有原さんの人間性に関することは他のお友達にも話しているのですか」

「いえ、私にだけです。そんなこと、誰にでも言えることではありませんから」

「恵利さんは離婚を考えていたのでしょうか」

「心の片隅にはあったと思います。どこまで本気かわかりませんが、有原さんと言い合いになったとき、弾みで離婚を口走ったかもしれません。それで、有原さんはかっとなって……」

和樹がバットで恵利を殴る光景を目に浮かべたのか、良美は小さく呻《うめ》いた。

「恵利さんは不倫相手といつか結婚したいと思っていたのでしょうか」

「そう思っていたようですが、相手には奥さんも子どももいますから、そんな簡単にはいかないはずです」

「そうですね」

京介は頷き、

「恵利さんは働いてはいなかったのですね」

「ええ、専業主婦でした」

「もし、離婚したら、生活をどうするつもりだったのでしょうか。働き口の当てがあったのでしょうか」

「さあ、聞いていません」

良美は首を横に振った。

「葬儀のときの有原さんの様子はいかがでしたか」

京介は、良美の顔を見つめた。

「茫然としていました」

「その姿はあなたにはどう思えたのですか」

「わざとらしく見えました」

言いにくそうに、良美は言った。

「それは、あなたが有原さんを疑っていたから、そう見えたのではありませんか」

「そうかもしれませんが」

良美は素直に答えた。

「葬儀に不倫相手の信楽良一さんは来ていたのですか」

「見かけました」

「受付を通ったのでしょうか」

「通っていないと思います。ただ、遠くからお別れをしただけだと思います」

その後、いくつか質問をしたが、参考になる話はなかった。

時計を見ると、すでに一時間は経っていた。

「ありがとうございました。また、お伺いすることがあるかもしれませんが」

そう言い、京介は質問の終了を告げた。

良美は立ち上がり、

「先生は、有原さんは犯人じゃないとお思いですか」

と、真顔できいた。

「有原さんのやっていないという言葉を信じます。今は有原さんに不利な状況ですが、これから有利な証拠を見つけていこうと思っています」

「そうですか」

「もしよろしければ、有原さんが無実だという目で、事件を振り返ってみてくださいませんか。何か違ったものが見えてくるかもしれません」

小首を傾《かし》げてから、

「わかりました」

と答え、良美は執務室を出た。

京介は廊下まで見送って、執務室に戻った。

4

翌十一月六日の朝、有原和樹は東京地検に送致された。

地検から葛西中央署に戻ってきた夕方、京介は和樹と接見室で向かい合った。

「地検の検事の取調べはいかがでしたか」

「ずいぶんやさしい感じでした」

「なんという検事さんですか」

「榛原《はいばら》検事です」

「榛原検事……」

「ご存じですか」

「ええ、当たりは柔らかいですが……」

京介はあとの言葉を呑み込んだ。榛原検事は思い込みが強すぎるという噂《うわさ》を弁護士仲間から聞いている。頑固であり、相手の言い分を素直に受け付けてくれない。

「榛原検事だと何かあるのですか」

「いえ。そういうわけではありません。それより、体の具合はいかがですか」

京介は和樹のやつれた顔を見て心配した。

「食欲がありませんが、なんとかだいじょうぶです。ただ、恵利を失った上に、自分が犯人にされたことがショックで」

「わかります。ですが、自分を見失わないようにしてください」

「はい」

「取調べで、新しい事実は出てきましたか」

「いえ、同じことの繰り返しです」

「恵利さんはあなたに暴力を振るわれたと、寺山良美さんに言っているのです」

「嘘です」

和樹は憤然として言う。

「嘘だとすると、誰が嘘を？　恵利さんか寺山さんか、それともあなたか……」

「私は嘘をついていません」

「わかっています。ですが、警察はそう思っているのです」

「………」

「あなたは誰が嘘をついていると思いますか。恵利さんか寺山さんか」

「寺山さんが嘘をつくはずありません」

「間違いありませんか。寺山さんがなんらかの理由で、あなたを貶《おとし》めたいと思っていたらどうでしょうか」

「そんなことあり得ません」

「寺山さんとは何もないのですね」

「はい」

「では、恵利さんが寺山さんに嘘を言ったと考えるべきでしょうね。恵利さんは警察にDV被害を相談に行っているのですからね」

「それも嘘です」

「なぜ、嘘をついたのだと思いますか」

「わかりません」

「あなたとの離婚を考えての布石だった可能性が考えられます」

「…………」

「あなたが離婚に素直に応じない場合に備えてのことです。離婚の理由をあなたのDVにしようとしたのではないでしょうか」

「恵利は本気で離婚を考えていたのでしょうか」

「そうかもしれません。ただ、このことはあなたに不利に働きます」

「…………」

「別れたがっている妻に、別れたくない夫という構図が出来てしまうからです。そこに殺人の動機が生まれます」

「そんな……。私は恵利が別れたがっているなら執着しません。そんな惨めな姿を晒《さら》そうとは思いません」

「そのことは強く検事さんや警察に訴えておいてください」

「でも、私の言い分を信じてくれないはずです」

「それでも、主張すべきことはしておくのです」

「わかりました」

「ところで、恵利さんは、結婚してから働いていなかったのですね」

「ええ、働いていません」

「あなたと離婚したあと、恵利さんは生活をどうするつもりだったのでしょうか。あなたから慰謝料をたくさんとれると思ったのでしょうか」

「そのために、私がDVをしたことに……」

「それはわかりませんが、どこか働き口があったとは考えられませんか」

「さあ、働き口なんかないと思いますが」

「恵利さんの実家はどちらですか」

「博多です。でも、兄夫婦がいるだけです。三年前に母親が亡くなってから、付き合いはないんです」

「兄さんと折り合いが悪いのですか」

「というより、兄嫁とです。葬儀には兄さんだけが来ましたが、恵利が流産したことも知りませんでした」

「父親は？」

「恵利が子どものころに母親と離婚して、その後、一度も会っていないと言ってました」

「そうですか」

疎遠になっていては、兄に会っても無駄なようだ。

京介は接見を終えると、重森警部補に会ってから葛西中央署をあとにした。

翌日の午後、京介は恵利の不倫相手である信楽良一に会った。

人形町《にんぎようちよう》にある広告代理店の部長だ。

日曜日だったが、自宅ではなく、会社から少し離れた喫茶店で落ち合った。信楽は五十年配の、鬢《びん》に白いものが混じった渋い感じの男だった。

「さっそくですが、有原恵利さんとお付き合いをしていたのは間違いないのですね」

注文した飲み物が届いてから、京介は口を開いた。

「ええ。まさか、こんな形でバレるとは想像もしていませんでした。警察がもう少し慎重に対処してくれたらよかったんですが。会社や家内にも知られて」

信楽は表情を曇らせた。

「いつごろからのお付き合いですか」

「二年前です。スナックで、女性同士で来ていた彼女と意気投合して……」

「半年ほど前から恵利さんは毎週金曜日の夜は外出し、帰宅は午前さまだったとか。いつもあなたといっしょだったのですか」

「まあ、だいたいは……」

「だいたいは？」

「ええ。私も仕事で会えないときもありましたから」

「あなたは自分の奥さんと別れ、恵利さんと結婚したいという気持ちはあったのですか」

「いえ、そこまで考えたことはありません」

「恵利さんはどうだったのでしょうか」

「結婚ですか」

「ええ」

「私とはあくまでも家庭を壊さない前提での付き合いだったはずです」

「しかし、そのようなことを口にしていたという話も聞くのですが」

「彼女がですか」

「ええ」

「そうですか」

信楽は首を傾げ、コーヒーに口をつけた。何かを考えているような飲み方だった。

「何か心当たりが？」

「いえ」

信楽はカップをテーブルに戻した。

「あなたは、夫の和樹さんをご存じですか」

信楽の様子が気になったが、京介は改めてきいた。

「いえ、会ったことはありません」

「恵利さんから和樹さんの話を聞いたことはあるのですか」

「いえ、ないです」

「恵利さんには和樹さんに対して申し訳ないという気持ちはあったのでしょうか」

「さあ、わかりません」

信楽は言葉少なだった。

「恵利さんを殺したのは誰だと思いますか」

「旦那でしょう。それしか考えられません」

信楽は激しい口調になった。

「十月二十二日、事件の日ですが、恵利さんは外出していました。あなたとごいっしょだったのではないのですか」

「いえ、違います。警察からもきかれましたが、その日は午後からずっと会議があり、夜は接待で銀座に出かけました」

「そうですか。わかりました」

「どうなんですか、旦那は罪を認めないいんですか」

「やっていないと主張しています」

「じゃあ、他に犯人がいるとでも言うのですか」

「いるはずです」

「そんなこと考えられません」

信楽は吐き捨て、

「恵利さんを返してくれと言いたいです」

と、涙ぐんだ。


夕方、西葛西駅前にある『酒政』に行った。

店は四時開店で、年寄の客が三組ほどいてすでに盛り上がっていた。

京介は店長に名刺を渡して、

「有原和樹さんのことなのですが」

と、切り出した。

「刑事さんからもしつこくきかれましたが、まったく覚えていないんです。あの夜はアルバイトが急に休んで人手が足りない上に、お客さんがたくさんいらっしゃって」

「あなたがレジをやっていたのですね」

「そうです」

「十一時ごろも？」

「はい」

「それでは、有原さんの精算をしているはずなんですが」

「確か、何人か並んでいたので」

「注文を受けた方は今、いらっしゃいますか」

「ええ」

そう言い、店長は若い男を呼んだ。

色白の男がやって来た。

「弁護士さんだ。例の件」

店長が言う。

「僕もお客さんの顔を覚えていないんです」

若い男は京介に言った。

「ちょっと、その席までいいですか」

京介は一番奥の席に向かった。

「有原さんは入口のほうに向いて座っていたそうです。斜め向かいに、四十半ばぐらいの男のひとがいたそうです」

「はい、確かにこのテーブルにはふたりの男性がいました。でも、顔はわかりません」

「酎ハイを何杯か頼んでいたようです」

「そうですね……」

若い男は首を傾げた。

「斜め向かいにいた男のひとは覚えていませんか」

「いたことは覚えています。なんだか暗い感じのひとでした」

「ふたりは何か話をしていましたか」

「ええ、していたようです」

「そのひとも初めてのお客だったんですね」

「そうです。初めて見る顔でした」

「ふたりは何を話していたか、わかりませんか」

「さあ」

若い男は首を横に振った。

やはり、有原和樹が犯行時刻にここにいたと証明することは出来ないようだ。京介は溜め息をついた。

「そういえば」

若い男が何かを思い出したように言った。

「なんでしょうか」

「ひとつだけ覚えていることがありました。テーブルにお酒を運んだとき、ふたりは竹のおもちゃのようなものをいじってました」

「竹のおもちゃ？」

「おもちゃかどうかわからないのですが、どこかの民芸品かもしれません」

「ふたりはそれをいじりながら話をしていたのですか」

「そうです」

「わかりました。ありがとうございました」

京介は『酒政』を出た。


翌日も有原和樹と接見した。

顔色が悪い。頬のやつれも目立つ。

「お体はどうなんですか」

京介は心配してきいた。

「ええ。ちょっと、夜眠れなくて」

「長時間にわたって取調べを受けているのですか」

「いえ。そうでもありません」

和樹は血走った目を向け、

「先生、もう無理みたいですね」

と、呟《つぶや》くように言う。

「無理？　何が無理なんですか」

「もう私が犯人と決まったようなものです」

「どうしたというんですか」

「事件の夜、十時ごろ、二階の南側の部屋に私がいたのを近所のひとが窓越しに見ていたそうなんです」

「そのひとは、あなただったと言っているのですか」

「そうらしいです」

「ほんとうに顔を見たわけではないかもしれません。あの家にいたから、あなただと思い込んだだけかもしれません。それに、もし、そんな男がいたのだとしたら、それこそ真犯人です。あとで、警察に確認してみます」

「………」

「有原さん。『酒政』で相席になった客がいましたね」

「ええ」

「あなたはその客と話をしたそうではありませんか。なんでも竹のおもちゃのようなものをいじっていたと」

「あっ」

和樹は声を上げた。

「そうです。相席の男のひとが持っていたんです。ムックリです」

「ムックリ？　アイヌのひとが演奏する口琴ですか」

「そうです。胸に差してあったので、声をかけたのです」

京介は中学三年生のときに、ムックリを演奏するアイヌの女性を見たことを思い出したが、すぐ現実に戻り、

「そのひとと言葉を交わしたのですね」

と、確かめた。

「ええ。でも、そのひとはあまり話をしたがらなかったんです。ひとりで静かに呑んでいたかったみたいで」

「僅かな会話でも、話した内容は覚えていませんか」

「ええ、胸に差してある薄い竹に気づいて、ムックリですかって声をかけたんです。それから、ずいぶん古いものですね、鳴るんですかなどとききました。それには言葉少なだったけど応じてくれました」

和樹は言ってから、

「そうそう、私が函館の出身で、二十年前に高校を卒業して東京に出たと話したら、二十年前と呟いて暗い顔をしていました」

「二十年前と呟いたのですね」

「そうです。それで、あなたも北海道ですかときいたのですが、それには答えてくれませんでした。でも、北海道出身だととっさに思いました。二十年前に北海道から出てきたんじゃないでしょうか」

「それだけの会話を交わしていれば、そのひともあなたのことを覚えているでしょう。住まいはどこか見当がつきますか」

「この近所にお住まいですかときいたら、ええと答えたきり、あとは口を閉ざしてしまいました」

「そのひとの特徴は？」

「髪は短く刈り上げて、よれよれの黒い上着を着ていました。四十五歳ぐらいで、頬がこけ、頬骨が突き出ていました。痩せていて、顎が尖って、眉毛は濃く、目は大きかったです」

　京介はその男の特徴をノートに控えた。

「その男のひとを探してみます」

　京介は接見室を出てから重森警部補に面会を求めたが、あいにく出かけていて会うことが出来なかった。

　葛西中央署の外に出てから、調査員の洲本功二《すもとこうじ》の携帯に電話をかけた。

すぐに洲本が電話に出た。

「鶴見です。またお願いしたいのですが」

洲本は元警察官で、柏田法律事務所として調査の仕事を依頼している。

「わかりました。事務所にお伺いします。何時がよろしいですか」

「今、葛西にいるんです。午後一時は？」

「構いません」

「では、お願いします」

京介は電話を切って、葛西駅に急いだ。

洲本が執務室にやって来た。営業マンのような穏やかな顔だちだ。警察官だったとは到底見えない。

「今、西葛西で起きた妻殺しの被疑者の弁護をしています」

事件のあらましを語った。

「犯行時刻には、被疑者の有原和樹は駅前の『酒政』という呑み屋にいたというアリバイがあったのです。ですが、『酒政』の従業員は有原和樹を覚えていなかったのです。ただ、相席になった男のひとと僅かながら言葉を交わしたのです。そのひとを探し出したいのです。そのひとも『酒政』は初めてだったそうです」

「西葛西に住んでいるのですね」

「店を出たのは午後十一時前だったそうです。それから電車に乗って帰るとは思えません。本人も近くに住んでいると言っていたそうですから、まず間違いないと思います」

「わかりました。特徴は？」

「髪は短く刈り上げて、よれよれの黒い上着を着ていたそうです。四十五歳ぐらいで、頬がこけ、頬骨が突き出ている。瘦せていて、顎が尖って、眉毛は濃く、目は大きかったということです」

洲本は手帳に控えた。

「その男はまさか相席になった客が妻殺しで捕まった当人とは想像もしていないでしょうね」

「ええ。今となってはそのひとが頼りです」

京介はその男が見つかれば、有原和樹のアリバイが証明されると思った。

「では、さっそくその男を探してみます」

洲本は立ち上がった。

「どうやって探すのですか。サラリーマンだったら電車で通勤していると思われるので、西葛西駅を見張っていれば現われるかもしれませんが、ひとりでは見逃す可能性が高いのでは？」

京介はきいた。

「仰るとおりです。何時に駅を利用しているかわかりませんから、二、三時間は駅に張りついていなければなりません」

「難しいですね。見つけ出すまで時間がかかりそうですね」

京介はふと暗い気持ちになった。

警察が総力で探してくれたらすぐに見つかるだろうが、重森警部補はこの話を信じてはくれまい。

「じつは、目をつけたことがあるんです」

洲本は自信に満ちた顔つきで続けた。

「髪を短く刈り上げていたそうですね。最近、床屋に行っています。西葛西駅周辺にある床屋を利用しているのでは」

「なるほど。そのひとがよれよれの黒い上着を着ていたということは、お金のあるなしだけでなく、身だしなみにそれほどこだわらない性格かもしれません。それだったら、格安理髪店を利用しているかもしれませんね」

「では、そこから当たってみます」

「ただ、そのひとは暗い感じで、あまり他人と話したがらないそうです。理髪店の店員さんとも言葉を交わしていないかもしれません」

京介は懸念を口にした。

「そうですか。とりあえず、格安理髪店を調べてみます」

洲本は引き上げた。

その男が見つかれば状況が一気に変わる。京介はその男の発見に期待を寄せた。

5

二日後の昼前、洲本から電話があった。

「それらしき男が見つかりました」

「ほんとうですか。ずいぶん、早いですね」

「ええ、やはり、駅の近くにある格安理髪店を利用していました。そこの店員さんが、そんな男性を、駅近くにある焼鳥屋で見かけたことがあると言うので、その焼鳥屋に行ってみました。主人が住まいを知っていましたよ。自動車教習所の近くにある『木下アパート』です。名は、浜尾雄一《はまおゆういち》です。今、仕事に出かけています。だいたい、六時に帰ってくるようです」

さらに、洲本は続けた。

「ちなみに、その焼鳥屋は十月二十二日は臨時休業をしたそうです」

「休みだったので、『酒政』に行ったのですね」

「そのようです。どうしますか」

「今夜、訪ねてみます」

「案内します」

「すみません」

「では、午後六時に西葛西駅の改札を出たところで待ち合わせでいかがでしょうか」

「わかりました。では、あとで」

京介は電話を切り、浜尾雄一と呟いた。


夕方、京介は有原和樹に接見した。

和樹は元気がなかった。かなり、疲れているようだ。

「取調べが厳しいのですか」

「いつもいつも、ほんとうのことを言え、このままじゃ、死んだ奥さんが浮かばれないとか、いろいろ責められて……」

「そのことは警察に注意をしておきます。今後もどんなことを言われたかをしっかり覚えておいて教えてください」

「はい」

「有原さん、喜んでください」

京介は少し弾んだ感じで声をかけた。

「相席の男が見つかりました」

「ほんとうですか」

和樹の顔に明かりが射《さ》したようになった。

「ええ。浜尾雄一さんと仰るそうです。これから会いに行ってきます。ムックリの話をしたことで印象に残っているはずです」

「ええ、あのひとはムックリに大事な思い出があるようでした」

「だから、最後まで希望を捨てないでください」

「はい」

「自棄《やけ》になって、やってもいないことをやったと言ってはいけません」

「わかりました」

接見室から出て、重森警部補に面会を求めた。

「有原和樹がずいぶん憔悴《しようすい》しているようでした。取調べに、自白の強要があるのではないかと思われるのですが？」

京介は抗議をした。

「いえ、そんな取調べはしていません。被疑者の良心に訴えかけはしますが、決して強要はありません」

重森警部補は平然と言う。

「わかりました。有原の健康には気をつけてください」

「心配いりません」

重森警部補は微《かす》かに笑みを浮かべた。

証人が見つかったことは口にしなかった。まだ会っていないことが大きな理由だが、警察に先回りをされて浜尾雄一にプレッシャーをかけられたくはなかった。

葛西中央署を出て、東西線で一駅隣の西葛西駅に行った。

改札を出て、柱の横で待った。電車が着くたびに、勤め帰りのひとたちが改札から吐き出されてきた。

洲本が近づいてきた。

「ごくろうさまです」

京介は声をかける。

「行きましょうか。こっちです」

洲本は歩き出した。

北口を出る。有原和樹の家とは線路をはさんで反対側になる。

船堀街道を横断し、荒川と並んで流れている中川のほうへ向かう。都営のアパートがいくつも見えた。

洲本が案内したのは民間のアパートだ。公園の脇にある二階建てで、五部屋ずつ並んでいる。

「あの二階の右端が浜尾雄一さんの部屋です」

洲本が指差した。

「明かりが点いています。もう帰っているのかもしれません」

「行ってみましょう」

京介は逸《はや》る気持ちを抑えてアパートの外階段を上がった。

浜尾雄一の部屋の前に立ち、京介はインターホンを押した。

「はい」

返事が聞こえた。

「突然申し訳ありません。浜尾さんのお宅ですね。弁護士の鶴見と申します。ちょっとよろしいでしょうか」

「………」

返事がない。

もう一度呼び掛けようとしたときにドアが開いた。

顔を出した男は眉毛が濃く、目が大きい。頬がこけて頬骨が突き出ている。まさに有原和樹が話していた人相にそっくりだった。

「浜尾雄一さんですね」

京介はもう一度きいた。

浜尾は不安そうな表情で、京介と洲本を見ている。

「弁護士の鶴見と申します」

京介は名刺を差し出す。

浜尾は無言で受け取り、名刺を見た。

「少しお話をしてもよろしいでしょうか」

「なんですか」

微かに声が震えているようだった。

「十月二十二日の夜、あなたは西葛西駅近くにある『酒政』という呑み屋に行きませんでしたか」

「…………」

「いかがですか」

「どうしてそんなことを？」

「ある事情からお訊《たず》ねしています。いかがでしょうか」

「『酒政』という名前だったか覚えてないけど」

「行ったのですね」

浜尾は頷いた。

階段を上がってくる足音が聞こえた。他の部屋の住人が帰ってきたようだ。

「申し訳ありませんが、中に入れていただいてよろしいでしょうか。いえ、上がらなくとも、玄関で構いません」

「どうぞ」

「鶴見先生、私は外で」

洲本は言い、中に入るのを遠慮した。

京介は玄関に入り、ドアを閉めた。

「その呑み屋で、あなたは他の客と相席になりましたね」

「混んでましたから」

「そのひとと言葉を交わしませんでしたか」

「向こうから声をかけられました」

「どんな話をしたのか教えていただけませんか」

「私が持っていたものに興味を持ったようです」

「それはなんでしょうか」

「ムックリという口琴ですよ」

「そのひとがあなたに、アイヌのひとが演奏する口琴のムックリではないかと声をかけたのですね」

「ええ」

『酒政』の従業員も、竹のおもちゃのようなものをふたりでいじっていたと話しているのだ。すべて符合する。

「相手の顔を覚えていらっしゃいますか」

京介は勇んできいた。

「いったい、どういうことでしょうか」

浜尾は暗い表情でき返した。

「ニュースでご存じかと思いますが、十月二十二日の夜、西葛西の一軒家で主婦が殺され、夫が逮捕されました」

「………」

浜尾は目を剝《む》いた。

「相席になったのが妻殺しの容疑で逮捕された有原和樹さんです。事件があった時間、有原さんは『酒政』にいたのです。ところが、警察は有原さんの訴えに耳を貸しません。それというのも、『酒政』の従業員は有原さんのことを覚えていなかったからです」

「…………」

「でも、有原さんは相席のひとを覚えていました。それで探したのです。今、浜尾さんのお話を聞いて、有原さんが言っていた相席の男性が浜尾さんだと確認出来ました。どうか、有原さんの無実を証明するために証言をしていただけないでしょうか」

「…………」

浜尾は厳しい顔になっていた。

「いかがでしょうか」

「無理です」

「えっ？」

「相席のひとをまったく覚えていません」

浜尾はきっぱりと言った。

「三十八歳、細面で鼻筋の通った男性です」

「いえ、覚えていません」

「そのひとと話をしたのではありませんか」

「一言、二言ですから」

京介は耳を疑った。

「でも、ムックリを見せたのではありませんか」

「いえ、覚えていません」

「有原さんはムックリを見せてもらったと言っています」

「何かの間違いではありませんか」

「………」

京介は唖然《あぜん》とした。

「すみません。もうよろしいですか」

浜尾は追い返すように言った。

「浜尾さん。お願いがあるのですが」

京介は遠慮がちに言う。

「そのムックリを見せていただけないでしょうか」

「そんなものに興味はないでしょう。とにかく、私はそのひとのことなどまったく覚えていません」

浜尾は撥《は》ねつけるように言った。

「いえ。そのこととは関係なく、ムックリを見てみたいのです」

京介は訴えた。

「私は札幌出身なんです。中学三年のとき、校外授業で行ったアイヌ民族博物館で、ムックリの演奏を聴きました」

「………」

「そのとき演奏していたアイヌの女性がとても美人でした。そのこともあって、ムックリを見ると、あの美しい女性が脳裏に浮かんでくるのです」

「アイヌ民族博物館……」

浜尾が呟いた。

「ご存じですか」

「いや……」

「浜尾さんは北海道出身なんですか」

「まあ……」

浜尾は曖昧に答え、

「ちょっと待って」

と言い、奥に向かった。

ムックリを手にして戻ってきた。手拭いで竹を拭いていた。京介は気づかれないように溜め息をついた。

このムックリには有原和樹の指紋がついているはずだ。いつの日か、その指紋が役に立つ。浜尾が和樹の顔を覚えていなくても、指紋がついていれば相席の相手が和樹だという証明になると思ったのだが……。

浜尾はきれいに竹を拭いて寄越《よこ》した。指紋は消えた……。

「どうぞ」

「すみません」

京介はムックリを受け取った。

それを見て、昔の情景が蘇《よみがえ》った。小さな舞台で、アイヌの民族衣裳《いしょう》に身を包んだ女性がムックリの演奏をしていた。

左手に持ったムックリを口にくわえ、右手で紐を引いて音を出していた。

「あの女性はどうしているのかと、高校のときにもアイヌ民族博物館に行ったんです。でも、会えませんでした」

京介はムックリを返して、

「ありがとうございました。昔のことが蘇りました」

と、礼を言った。

「浜尾さん。もう一度、思い出してみてくれませんか。また、お邪魔させていただきますので」

京介はとりあえず引き上げることにした。

外に出ると、洲本が寄ってきた。

「いかがでしたか」

京介は首を横に振った。

階段を下り、アパートから離れて、

「浜尾さんは最初は相席の客とムックリのことで言葉を交わしたと言っていたのですが、殺人事件のアリバイの証人の話とわかると、態度を一変させたのです」

「おかしいですね」

洲本も首を傾げた。

「証人になると、自分のことを根掘り葉掘りきかれる。だから、拒絶したのかもしれません」

「なにか疚《やま》しいことがあるんですかね」

「浜尾さんは有原さんを覚えています。なんとか、協力してもらいたいんです。洲本さん、浜尾さんのことを調べていただけませんか。証言することに、何か障壁があるなら、それを取り除いてやれば……」

「わかりました」

翳《かげ》のある顔を思い出し、浜尾が深い闇を抱えていることが想像されて、京介は不安に駆られた。

第二章　弁護士解任

1

翌日、昼前に有原和樹と会った。

アクリルボードの向こうに座った和樹の目に生気がなかった。日ごとに目から輝きが消えていくようだ。

「有原さん、だいじょうぶなんですか」

思わず、京介は声をかけた。

「ええ」

力なく頷き、

「近所のひとが私に間違いないと言っているそうです」

「事件の夜に二階の南側の窓越しにあなたを見たという目撃者の話ですね」

「そうです。午後十時過ぎだそうです」

犯行時刻は十時前後と見られている。

「そのひとが確かに私だったと証言しているそうです」

「誰ですか」

「南側の窓が見えるのは左隣の家からだと思います」

「何というお名前ですか」

「会田《あいだ》さんです」

「わかりました」

「先生、相席のひとはどうでしたか」

和樹は気を取り直してきいた。

「昨夜、浜尾さんに会ってきました」

「で、どうなんですか」

「それが、あなたを覚えていないと言うのです」

「覚えていない？」

「ええ、相席の客とは一言二言話しただけで、顔は覚えていないと」

「そんな」

和樹は顔色を変え、

「嘘だ。そのひとは嘘をついています」

「ええ、そのとおりです。最初はムックリのことで言葉を交わしたと言っていたのに、証人になって欲しいと頼んだとたんに態度が一変しました」

「私はほんとうにムックリのことで話をしたのです」

「わかっています。『酒政』の従業員も客同士でムックリをいじって話していたと言っていますから」

「じゃあ、なぜなんでしょうか。まさか、忘れてしまったわけでは？」

和樹は不安そうな顔をした。

「いえ。まだ三週間なんです。仮に忘れたとしても、いろいろ話しているうちに思い出すはずです」

「じゃあ、嘘をついているんですね。まさか、私に恨みが……」

和樹は血走った目を向けた。

「そんなんじゃありません、何か事情があってのことだと思います」

「事情ってなんですか」

「たとえばですが……」

「なんですか」

和樹が先を促す。

「浜尾さんは警察が嫌いなのかも。あるいは証言すると会いたくない人間に見つかってしまうからとか」

「そんなことでしょうか」

「これから何度でも会って、丁寧に頼んでみます。警察や検事から追及されると何かまずいことがあるとなると、やっかいなのですが」

「追及されるのですか」

「警察はあなたと親しい関係にあると疑うかもしれないでしょう。あなたをかばって嘘の証言をするのではないかと。浜尾さんにはいろいろ調べられたら困ることがあるのかもしれません」

「どうなんですか」

「今、浜尾さんのことを調べています」

「浜尾さんが証言してくれなかったら……」

和樹が暗い顔になった。

「必ず、証言してもらいます」

「………」

「気をしっかり持ってください」

「最近」

和樹が顔を上げた。

「恵利と出会って結婚したころのことが思い出されるんです。子どもが出来たときが仕合わせの絶頂でした」

和樹は大きく息を吐き出して、

「最後はお互いにいがみ合っていましたが、こんなことになって、恵利が可哀《かわい》そうでならないんです。流産さえしなければ、私たちはきっと仕合わせな家庭を築いていけたでしょう」

「ほんとうは、あなたは奥さんのことをまだ愛していたのでは？」

「いいえ、それはありません。不倫をしていると気づいたときから、気持ちは離れていっていました」

「でも、事件の日、帰宅したら奥さんが外出していた。男と会っているのではないかと、あなたは良美さんにも電話をしています」

「裏切られていたことが許せなかったのです。嘘をつかれていたことが……。だから、怒りが込み上げてきたんです。今思うと……」

和樹は言葉を切った。

「今思うと、なんですか」

「あの夜、恵利が帰ってきたら激しい言い合いになっていたような気がするんです。もしかしたら、かっとなって彼女を殺していたかもしれないと思うようになったんです」

「…………」

「そういう意味では、私が犯人であってもおかしくないと」

「何を言うのですか。あなたはやっていないのです。よけいなことを考えては……」

「毎日、刑事さんにいろいろなことを言われて、だんだん自分が殺したような気になってきました」

「有原さん、しっかりしてください」

「彼女が離婚を切り出してくれれば、私も受け入れたでしょうに。切り出せなかったのは、生活のことを考えたからでしょう」

和樹は勝手に呟く。

「有原さん」

京介は強い口調で呼びかけた。

和樹ははっとしたように顔を向けた。

「いいですか。あなたが諦めたら、真犯人はわからず仕舞いになってしまいます。今だって、どこかでのうのうとしているんですよ」

「ええ」

「犯人はあなたのバットを使いました。凶器にふさわしかったからなのか、それとも、あなたを貶めようとしたのか」

「わかりません」

和樹は力なく首を横に振った。

精神的にかなり参っているようだ。

接見室を出て、京介は重森警部補に会った。

「事件の日の夜十時過ぎ、近所のひとが二階の南側の部屋にいる有原和樹を窓越しに見ていたそうですね」

「ええ、そうです」

「確かに、有原和樹だったのですか」

「そうです。犯行時刻です」

「部屋は暗かったのではありませんか」

「いえ、電気が点いていたそうです。だから、顔がわかったと」

「なぜ、有原和樹はその部屋に？」

「そこは奥さんの部屋です。有原和樹はリビングでの犯行後、二階に上がり、奥さんの部屋で何かを探していたのでしょう。そこを見られたのです」

「見たのはどなたですか」

「左隣の会田孝二《こうじ》さんです」

「会社員でしょうか」

「四谷《よつや》にある会社に勤務しています」

「わかりました」

「会いに行くのですか」

「はい。すでに調書をとっているのでしょうが、いちおう私も話を聞いておきませんと。失礼します」


夜の七時過ぎに、京介は会田孝二の家を訪ねた。

インターホンを鳴らすと、女のひとの声で応答があった。

「弁護士の鶴見と申します。孝二さんはいらっしゃいますでしょうか」

「少々、お待ちください」

しばらくして、玄関のドアが開いた。

小肥りの五十歳ぐらいの男が顔を出した。

「会田孝二さんですか。私は有原和樹さんの弁護人の鶴見と申します」

京介は玄関に入り、名刺を差し出した。

会田は名刺を受け取り、

「目撃した件なら警察に話したとおりですよ。調書とられましたから」

と、口にした。

「ちょっと確かめたいのですが、あなたは有原さんの家の南側の部屋にいる有原さんを窓越しに見たそうですね」

「そうです。二階の部屋に行き、窓を開けたのです。ちょうど、有原さんがいるのを窓越しに見たのです」

「ほんとうに有原さんだったのですか」

「有原さんでした」

「窓ガラス越しに部屋の中にいる有原さんが見えたのですね」

「そうです」

「何をしていたのかわかりましたか」

「いえ、そこまではわかりません」

「有原さんのほうはあなたが見ていたのに気づいたのでしょうか」

「気づいたと思います。すぐカーテンを閉めましたから」

「あなたはどうして窓を開けたのですか」

「冷たい風に当たりたくて」

「どうしてですか」

「酔い醒《ざ》ましです」

「お酒を呑んでいらっしゃったのですね。ちなみにどのぐらい？」

「そんなに酔っていませんよ」

「お酒はお強いのですか」

「ええ」

「ビールですか、日本酒？」

「そんなこと、答える必要はないでしょう」

会田は不快そうに言った。

「すみません」

京介は謝ってから、

「警察に調書をとられたとき、酔い醒ましに二階の窓を開けたということは話されたのでしょうか」

「きかれませんでしたから」

「話していないのですね」

「そう」

「わかりました。夜分にお邪魔して申し訳ありませんでした」

京介は頭を下げて、会田家の玄関を出た。

駅の反対側にある浜尾雄一のアパートを訪ねた。

インターホンを押し、返事を待った。留守かと思ったとき、ようやく声が聞こえた。

「夜分に恐れ入ります。弁護士の鶴見です」

ドアが開いた。浜尾は黙って立っている。

「『酒政』で相席になった有原さんのことで……」

「覚えていません」

「しかし、ムックリのことをきかれ、いろいろ話をされたのではありませんか」

「覚えていません」

「浜尾さん。あなたのプライバシーは必ずお守りいたします。ですから、有原さんの無実を証明するために……」

「申し訳ありません。私ではお役に立てません」

浜尾はきっぱりと言い、

「どうぞ、お引き取りを」

と、突き放すように言った。

「浜尾さん、お願いです。よくお考えください」

「どうぞ、お帰りください」

京介は溜め息をつき、

「また、参ります。どうぞお考えください」

と言い、ドアの外に出ようとしたが、ふと思いついて、振り返った。

「浜尾さん、あのムックリのことですが」

「…………」

「ずいぶん古いもののようですね」

京介はきいた。

「いつごろのものですか」

有原との会話中、浜尾は二十年前という言葉に反応したという。

「昨夜もお話ししましたが、私はムックリを見ると、十八年前の中学三年生のときに白老《しらおい》のアイヌ民族博物館に行ったときのことが思い出されるんです。ムックリを演奏していたアイヌの女性の姿がまざまざと蘇るんです。美しい女性でした。神々《こうごう》しくさえありました。でも、どことなく寂しそうな眼差《まなざ》しでした。そのせいか、私にはムックリの音《ね》が悲しみを訴えるような音色に聞こえたんです」

浜尾の顔色が変わったような気がした。

「あの女性は二十歳前後だったでしょうか。あの女性は今、どうしているんだろうって思うことがあります。今もムックリを演奏しているんでしょうか」

京介は感慨に浸るように言った。

「私は奥手だったんです。もしかしたら、その女性が私の初恋の相手だったのかもしれません。たった一度、ムックリの演奏をしていたのを見ただけなのに、口琴の音とその女性の顔が、まだ中学生だった私の心に深く突き刺さったんです」

浜尾は無言で立っている。だが、目が鈍く光っているのに気づいた。

「すみません、よけいなことを喋って。失礼します」

改めて挨拶をし、京介はドアから離れた。

階段を下りてから、浜尾の部屋を見た。浜尾は有原和樹のことを覚えている。そのことは間違いないように思えた。しかし、浜尾には証人として表に出られない何かがあるのだ。

浜尾を説き伏せるのには時間がかかりそうだと、京介は大きく溜め息をついた。

2

翌朝も、京介は葛西中央署の玄関に入った。

受付で、有原和樹との接見を申し入れ、刑事課のフロアに上がった。重森警部補が待っていて、京介を応接セットに案内した。

「これから取調べに入りますので、しばらくお待ちください」

「その前に、会いたいのですが」

「じつは、有原和樹が罪を認めたのです」

「えっ？」

京介は意味がつかめず、

「どういうことですか？」

「昨夜、有原和樹は犯行を認めました。すでに自白をはじめています」

「そんなはずありません」

京介は思わず大声を出した。

「有原和樹にはアリバイがあるのです。すぐに会わせていただけませんか」

「調書をとりはじめています」

「待ってください。有原和樹が罪を認めるなんて納得出来ません。自白の強要、あるいは誘導があったのではないかと、疑わざるを得ません」

「なるほど」

重森警部補は真顔で頷き、

「少々、お待ちください」

と言って、席を立った。

しばらくして戻ってきて、

「三十分後に十五分間、時間を作りました」

と告げた。

そして三十分後に、京介は和樹に会った。

「有原さん」

「先生、すみません。もういいんです」

「ほんとうに罪を認めたのですか」

京介は問い詰めるようにきいた。

「私が殺したんです」

「何を言うんですか。あなたにはアリバイがあるじゃありませんか。必ず浜尾さんの証言を……」

「先生。最近、恵利の夢をよく見るんです。まだ、関係が悪くなる前の恵利が枕元に現われるのです。不思議です。関係が悪くなってからの恵利は出てきません。恵利がひとりで寂しいって」

「………」

「恵利をひとりにしていては、可哀そうなんです」

「それとあなたが罪をかぶることは関係ありません」

「恵利が流産したあと、私は悲しみのあまり恵利を責めました。自分では何を言ったか覚えていませんが、酷《ひど》いことを言ったのだと思います。恵利を追い込んでいったのは私だったと、今になって気づいたんです」

「だからといって、やってもいないことを……」

「いえ、私がやったんです。あの夜、『酒政』に行きましたが、九時半には店を出たんです。だから、相席のひとが顔を覚えていないのも無理はないんです」

「………」

京介は言葉を失った。

「先生、もう弁護はいりません」

「有原さん、何を仰るんですか。あなたは無実なんですよ」

「もういいんです。これまでの弁護料は函館の兄からもらってください。私の銀行口座も兄が管理していますから」

「取調べで何か言われたのですか。警察が何か……」

「いえ、違います」

「いったいどうしたというんですか」

「すみません」

和樹は立ち上がって深々と頭を下げた。

京介は悪夢を見ているような気持ちで茫然としていた。

虎ノ門の事務所に帰った。

受付の事務員から声をかけられたが、京介はただ虚《うつ》ろな目を向けただけで自分の執務室に向かった。

執務室の椅子に座り、目を閉じた。まだ、混乱している。有原和樹は勾留されている間に、正常な判断が出来なくなってしまったのだ。

執務室のドアがノックとともに開き、事務員がお茶を入れて持ってきてくれた。

「どうぞ」

「…………」

京介は軽く頭を下げた。

事務員が出ていくと、湯呑みを摑んだ。

茶を飲み終えたとき、内線が鳴った。

「手が空いたらこっちに来ないか」

所長の柏田からだった。

「はい。今、お伺いいたします」

京介は立ち上がり、柏田の執務室に行った。

柏田は応接セットのソファーに座って待っていた。

「かけたまえ」

「失礼します」

京介は向かいに腰を下ろす。

「何かあったのか。顔色が優れぬようだが」

事務員が心配して告げたようだ。

「はあ。じつは、西葛西の妻殺しの件で」

京介は苦いものを呑み込んだように顔をしかめて言った。事件の概要は、柏田も知っていた。

「有原和樹の弁護人を解任させられそうです」

「解任？　何があったのだ？」

柏田が大声を出した。

「有原和樹が罪を認めたのです」

「認めた？　実際はどうなんだ？」

「彼は無実です。アリバイがあるのです」

犯行時刻、有原和樹は『酒政』という呑み屋にいて、浜尾雄一という男と相席になった話をした。

「ところが店員は有原和樹のことを覚えてなく、浜尾雄一も知らないというのです。でも、浜尾と有原和樹は言葉を交わしているのは見ているのです」

京介は、浜尾と会ったときの様子を話し、

「浜尾雄一には証人になることが出来ない事情があるのではないでしょうか。そのことを考慮して証言してもらうように説得しようと思っていたのに、肝心の有原和樹が自白をしてしまったのです」

京介はやりきれないように唇を噛《か》んだ。

「有原は自分に不利な証拠ばかりで自棄になってしまったのか」

「それだけではないようです。最近、死んだ奥さんの夢をよく見るようになったと言っていました」

「奥さんを愛していたのか」

「本人は気持ちは冷えていたと言っています。ただ、妻の恵利が不倫に走ったのは流産をしたことを激しく非難したからだと、自分を責めていました」

「留置場という閉ざされた空間で過ごすうちに、奥さんが死んだという現実が心を占めて打ちのめされたようになったのではないか。もはや、絶望しかなかったということか」

柏田は困惑した表情で、

「有原和樹は生きる気力をなくしてしまったようだ。このままでは、警察の尋問どおりに供述をしてしまうだろう」

「どうしたらいいでしょうか」

「有原自身が正気に戻らなければだめだ。あの自白は嘘だと訴えられるようにならなければ。だが、難しい」

「有原が心の病になっていると訴え、心療内科の診察を受けさせられれば……」

「いや、警察は罪を認めたのは良心の呵責《かしやく》からだと考えるだろう」

「………」

「いずれにしろ、弁護人を解任されたら何も出来ない。函館にいる兄に頼んでも、本人にその気がなければ」

「ともかく、明日もう一度、有原和樹に会ってみます」

「そうだな」

柏田は難しい顔で言った。

午後六時過ぎに事務所を出て、京介は西葛西の浜尾雄一のアパートに行った。

だが、浜尾はまだ帰宅していなかった。残業か、今日は帰りに呑み屋に寄ってくるのか。京介はどこかで時間を潰そうとした。

念のために、行きつけという焼鳥屋を覗いたが、浜尾の姿はなかった。

これからやって来るかもしれないと思い、しばらく店先で待っていたが、浜尾は現われなかった。

京介はもう一度、アパートに向かった。浜尾の部屋はまだ暗かった。諦めて外階段を下りたとき、

「鶴見先生」

と、声をかけられた。

洲本だった。

「浜尾雄一は帰っていないのですね」

洲本が厳しい顔で言った。

「ええ。何かあったのですか」

「浜尾の仕事先に行ってきたんです。錦糸町《きんしちょう》にあるビル清掃会社です。浜尾は今日から休みをとっているんです」

「休み？」

「ええ、持病が悪化し、静養が必要なのでという連絡が入ったようです。それで気になって、アパートに様子を見に。昼間も来たのですが、留守でした。医者に行っている可能性もあると思って、夜になってまた来てみたんです」

「どうしたのでしょうか」

京介に不安が萌《きざ》した。

「会社の部長も、首を傾げていました。今まで休んだこともなく、持病があると聞いた

ことなかったそうです」

「まさか」

京介ははっとした。

「ええ。私もそんな気が……」

洲本は言ってから、

「部長も言ってましたが、浜尾は他人と交わることが苦手だったようです。自分のことについて何も話さなかったそうです。だから、誰も浜尾のことを知らないと」

「やはり、知られたくない過去があったのでしょうか」

「そうかもしれません。だから、今回の証人の話は浜尾にとって迷惑なことだったのではないでしょうか」

京介は慎重になった。

「ともかく、明日まで待ってみましょう」

翌日、午前十時に京介は洲本の案内で、錦糸町にあるビル清掃会社を訪れた。

江東橋《こうとうばし》の近くにあるビルの二階に本社があった。

受付で、洲本が荒木《あらき》部長の名を告げる。しばらくして、奥から腹が突き出た五十年配の男がやって来た。

「昨日は失礼しました。こちらが鶴見弁護士です」

洲本が紹介する。

名刺の交換の後、衝立で仕切られた応接室に案内され、テーブルをはさんで荒木と向かい合った。

「浜尾さんは昨日から休みをとったということですが、本人が直接申し出たのですか」

京介は切り出した。

「はい、昨日の朝、電話でです」

「電話ですか」

「持病が悪化して働けなくなったのでしばらく休みをとりたいと。ですが、さっきも電話があったんです」

「浜尾さんからですか」

「ええ、仕事を続けられそうもないから辞めると」

「会社を辞めたのですか」

「そうです」

「………」

「浜尾に何か」

「じつはある事件の証人になっていただこうとしていたのですが……」

「事件?」

「はい。浜尾さんの証言で、ある人物の疑いが晴れる可能性があります」

「そうですか」

「浜尾さんは正社員だったのですか」

京介はきいた。

「いえ、肩書はアルバイトです。正社員になったらどうだと何度も勧めたのですが、断わられました」

「なぜでしょうか」

「わかりません。毎日、正社員と同じように働いていたんです。五年以上になるし、正社員になったほうが安定した収入を得られると言ったんですが。アルバイトは日給制です。休んだら、収入を得られませんからね」

荒木は表情を曇らせた。

「なぜ、アルバイトに固執したのか、思い当たることはありますか」

「最初はすぐ辞めるつもりだろうと思っていました。でも、五年も続いていて、それでも正社員になろうとしないのは何か深い事情があるのだろうと」

「それはなんだと思いますか」

「わかりませんが、過去にも借金取りから追われていた男性や、やくざから逃げてきた女性がひそかに働いていたことがありますから、そのような何かがあったのだろうとは思っていました」

荒木は同情するように言う。

「浜尾さんはこれまで何か問題を起こしたことはありますか」

「いえ、何もありません。いつも静かでした」

「浜尾さんの出身地はどこだかわかりますか」

「履歴書には札幌だと書いてありました」

「その履歴書、見せていただけますか」

「少々お待ちください」

荒木は立ち上がり、部下に指示してから戻ってきた。

「浜尾さんと親しいひとはいなかったのですね」

「ええ、いません」

若い女性の事務員が履歴書を持ってきた。

荒木は受け取って、京介に渡した。

簡単な事柄しか書いてなかった。

学歴は一九九五年三月、札幌北斗第一高校を卒業。その年の四月に札幌泉川工機に就職。それから七年後の二〇〇二年に熊本製鋼に転職。二十五歳から四十歳まで、その会社に勤めている。

「保証人はどなたかいらっしゃったのですか」

「いえ、アルバイトですので……。本人は保証人が必要なら保証会社に頼むと言ってましたが、そのままに」

京介は札幌泉川工機と熊本製鋼という会社名をノートに控えた。

ビル清掃会社を出て、ふたりは西葛西へ向かった。

浜尾のアパートに行ってみたが、やはり帰っていなかった。

駅前の商店街にある、木下アパートの仲介をしている不動産屋を訪ねた。

弁護士と名乗り、浜尾雄一のことをきくと、禿頭《とくとう》の店長は、

「浜尾さんは急に引っ越すことになったと電話で一方的に言って、部屋を出ていきました」

と、怒ったように言った。

「出ていった？　退去の手続きや荷物などは？」

「手続きは何もしないままですよ。部屋の荷物は処分してくれと」

「………」

「電話だけですから、本人かどうかもわかりません。へたに部屋を空けて他のひとに貸したあと、浜尾さんが現われて自分は解約したつもりはないなどと言い出されたら

……」

　店長は憤然として言う。

「保証人は？」

「保証会社ですが」

「だったら、保証会社が浜尾さんに代わってすべてをやってくれますよ。電話の主は本人だと思います」

「そうですか」

「入居に当たり、住民票の写しはとっているんですね」

「ええ」

「本籍などは？」

「大家さんの意向で載せてもらっています」

「そうですか。住民票の写しを見せていただけませんか」

「わかりました」

　店長は立ち上がって机に向かい、ファイルを手に戻ってきた。

　ファイルから住民票の写しを取り出して見せた。

　本籍は札幌市琴似《ことに》……。

　京介は必要なことをメモして不動産屋を引き上げた。

夕方、京介は葛西中央署に行き、有原和樹と接見した。

和樹は硬い表情で向かいに座った。

「有原さん、弁護人の件ですが……」

京介が切り出すと、和樹はすぐに言葉をかぶせてきた。

「申し訳ありません。弁護はもう結構です。正式に解任をさせてください」

「なぜ、ですか。あなたは無実の罪をかぶるつもりなのですか」

「これが運命だったのです。恵利をそこまで追い込んでしまったのは私なんです。もういいんです」

「有原さん」

京介は翻意を促すように、

「起訴されれば弁護人は必要になります」

「国選でいきます」

「しかし」

「先生、これ以上弁護をしていただいても、お金を払うことは出来ません。あとは国選で十分です」

弁護料のことを持ち出されたら何も言い返せなかった。金のために弁護をしようとしているのではないと言おうとしたが、和樹にはそのように見えるのだろう。

「わかりました。函館のお兄さんにも弁護人をやめたことを知らせておきます」

もはや有原和樹との信頼関係は崩れた。弁護人をやめざるを得なかった。

虎ノ門の事務所に戻った。弁護人の解任のことより、有原和樹の身が心配だった。彼は無実なのだ。

それを証明出来るのは浜尾雄一だ。だが、浜尾はどこかに消えた。証人になることは彼に不利益をもたらすのだろう。

それは何か。姿を晦《くら》ますのだからよほどのことがあったに違いない。

もはや、和樹を救うことは出来ない。自分は弁護士として何の役にも立てなかったのだ。京介は胸をかきむしりたくなった。

函館弁護士会の板室貞治から推薦されて、京介は和樹の弁護人になった。板室弁護士の信頼をも裏切ってしまったと、京介は自分を責めた。

窓の外は暗くなり、柏田も外出先からそのまま帰り、事務員も引き上げ、京介だけになった。

何度も溜め息をついた。ふいに函館にいる笠原《かさはら》めぐみを思い出した。

十年前、東京の大学を卒業して札幌の実家に帰ったとき、やはり札幌に帰っていた高校時代の友人と函館を旅行し、そのとき立待岬《たちまちみさき》でめぐみと出会ったのだ。

京介はめぐみに電話をした。

「まあ、鶴見さん」

めぐみは弾んだ声で応じた。

「今、だいじょうぶですか」

「ええ、きょうはもう終わり」

めぐみは函館のホテルの結婚式場で働いている。

「鶴見さん、どうかしたの?」

めぐみがきいた。

「どうして?」

「なんだか声に力がないわ。何かあったのね」

「………」

「お仕事のこと?」

めぐみはきいたあとで、

「私なんかに話しても何の解決にもならないものね」

「いや、そんなことはない」

京介はむきになって言う。

「じつは依頼人の被疑者が無実なのに罪を認めて……」

京介は経緯を語った。

「おまけに、証人を依頼した男性が突然、仕事を辞め、アパートを引き払って姿を消してしまったんだ」

「そうなんですか」

めぐみは驚いたように言う。

「今度ばかりは、参った。目の前に無実の人間がいる。アリバイを証明できる証人もわかっている。それなのに、何も出来ないんだ」

京介は口惜《くや》しそうに言う。

「証人を依頼された男性、どうして姿を消してしまったのかしら」

「裁判で証人として出廷したら、自分のことがわかってしまうと恐れたのかもしれない」

「誰かから逃げているということ?」

「その可能性が高い」

「そのひとも可哀そうね」

「えっ?」

「逃げ回っているとしたら、毎日いつ見つかるかと怯《おび》えて生活していたんでしょう。今度もその恐れが出て、逃げた。死ぬまで、そういう生活を送らなきゃならないなんて可哀そう」

「………」

「なんとかならないのかしら。もし、そのひとが逃げ回らなくて済むようにしてあげられたら、証人にもなってもらえるでしょう。そのひとを助ければ、無実の罪をかぶったひとも助かるでしょう」

「それはそうだけど」

「やっぱり無理よね。そんな簡単にはいかないものね」

「いや、あなたの言うとおりだ。浜尾さんを救えれば、有原さんも助けることが出来る。このまま何もしないでいたらふたりは災難から抜け出せない」

自分もまた何もしなかったことで必ず後悔する。

「めぐみさん、ありがとう」

「どうするの」

「出来る限りのことはやってみるよ。自分のためにも」

京介は元気を取り戻した。

翌日、日曜日だったが、所長の柏田に電話で相談した。

「君の気の済むようにやったらいい」

柏田は賛成してくれたが、

「ただ無駄骨に終わるかもしれない。いや、その可能性が高い。覚悟をして当たることだ」

「わかりました」

「浜尾雄一の本籍地に浜尾の実家があるか、札幌弁護士会の友人に調べてもらおう」

「ありがとうございます」

柏田はすぐにその友人に電話をしてくれた。

「今日中に調べてくれるそうだ」

夕方に、返事が来たと柏田から電話があった。

「その住所に確かに浜尾保《たもつ》というひとの家があるそうだ。電話番号も調べてくれた」

「それは助かります」

京介は電話番号を控え、浜尾の実家に電話を入れた。

それから、数日間は仕事の調整のため残業をして、十一月十八日から日曜を含めて四日間の休暇を作った。

3

十一月十八日。七時五十分羽田発の飛行機で、京介は函館に向かった。函館に寄って、ここまでの経緯の報告のために有原和樹の兄と板室弁護士の事務所で会う約束をとりつけていた。

飛行は順調で、予定の時刻通りに函館空港に到着した。

到着ロビーで細く白いパンツに薄いピンクのセーター、上にダウンコートという姿のめぐみが待っていた。

京介に気づき、明るい笑顔を向けた。

「ありがとう」

京介は礼を言う。

「思いがけずに会えてよかったわ。でも、午後には札幌に行ってしまうのね」

「夕方に、証人の実家を訪ねることになっている」

「そう」

微かに落胆の色を見せたが、

「じゃあ、行きましょう」

と、めぐみは駐車場に向かって歩き出した。

めぐみがワインレッドのセダンに乗り込む。京介は助手席でシートベルトを締めた。

「五稜郭町の五稜郭中央ビルね」

めぐみは車を発進させた。

「頼む」

海岸線を進んで、やがて市電の通りに入り、五稜郭公園前駅のある交差点を右折し、五稜郭タワーのほうに進んだ。

五稜郭中央ビルの横の道を入ったところにある駐車場に車を入れた。

「私はここで待っているわ」

「そう。じゃあ、終わったら電話をする」

「そうして」

京介はひとりで五稜郭中央ビルの古い建物に入り、エレベーターで六階に上がった。

降りた目の前に、板室貞治法律事務所のドアがあった。

事務所には、すでに和樹の兄の和雄が来ていた。板室弁護士に挨拶したあと、和雄と名乗りあった。

「弟が世話をかけて」

「いいえ、私の力が及ばずに」

京介は詫《わ》びた。

「和樹は恵利さんを失って生きる気力がなくなったのかもしれません」

ふたつ違いの兄は和樹によく似ていた。

「ふたりの関係は、恵利さんが流産してから変わっていったようですね」

京介はやりきれないように言う。

「和樹は子どもが出来たと喜んでいました。恵利さんが流産したとき、相当な落ち込みようでした。恵利さんを責めることでしか喪失感を埋められなかったのかもしれない」

「和樹さんはそのことを悔やんでいました」

「鶴見くん、最初から話してくれないか」

板室が口をはさんだ。

「はい。まず、事件の経緯ですが」

京介は事件の概要からアリバイのことまで話した。

「犯行時刻の午後十時前後、和樹さんは『酒政』という呑み屋で、浜尾雄一というひとと相席になっていっしょだったのです。ところが、浜尾さんは相席になった和樹さんのことをまったく覚えていないというのです」

「相席になったことは認めているのか」

「はい。ただ、相手が誰だったかまったく覚えていないと。でも、そんなはずないんです。浜尾さんが持っていたアイヌの口琴のムックリのことで和樹さんと話をしているんです」

京介は眉根を寄せて、

「浜尾さんは証人になりたくないんだと思います。証言台に立つことを拒んでいるんです」

「何者かから逃げているのか」

「そうだと思います。だから、姿を晦ましてしまったのです」

「そこまでして拒むのは、よほどの事情だな。暴力団に追われているとか。まさか、事件を起こして警察から追われているわけではあるまい」

「はい。事務所の調査員が浜尾雄一が指名手配されていないか調べてくれました。それはありません」

「そうか」

「今日の夕方に札幌の浜尾さんの実家を訪ねることになっています」

実家に電話をして、父親と話したのだ。

「実家に帰ったとは思えないが」

板室は首を傾げる。

「はい。ただ、浜尾さんに何があったかがわかれば、証言を阻む何かを取り除くことが出来れば、浜尾さんも救われるし、和樹さんも助かることになります」

京介は闘志を漲《みなぎ》らせた。

「それにしても、和樹くんはなぜ罪を認めてしまったんだ」

理解出来ないというように、板室は口にした。

「今は将来の希望を失っていますが、起訴されて拘置所に移ってから気持ちが変わることも十分に考えられます。そのためにも浜尾さんの抱える障壁を取り除いて証言してもらいたいのです」

「そうだな。応援しよう。札幌の弁護士にも知り合いはいる。何かあったら紹介するので、いつでも言ってきてくれ」

板室は励ましてくれた。

「ありがとうございます」

「鶴見先生」

和雄が口を開いた。

「和樹の弁護人を降りた今、先生にはそこまでする義務も義理もないですよね。弁護料ももらえませんよね」

「ええ、これは誰かから頼まれたわけではありません。自分のためにやることなんです」

「自分のため？」

「このまま何もしなければ、私はきっと後悔すると思うのです。目の前で苦しんでいるふたりを助けることが出来なかったと」

「では無償で？」

「ええ、自分のためにやることですから」

「…………」

和雄は口を開きかけたが、何も言わなかった。

「では、私はこれで」

京介は別れの挨拶をした。

「鶴見くん。何かあったら遠慮せずに電話をしてくれ」

板室は声に力を込めた。

京介は事務所を出て、一階に下りてからめぐみに電話をした。

「今、終わった」

「車の中にいます」

めぐみは答えた。

京介とめぐみは函館山の中腹にあるレストランで昼食をとり、食後にコーヒーを飲んでいた。

「飛行機は二時過ぎね」

めぐみが時計を見て言う。今、十二時半だ。

「そうなんだ。すまない。時間がとれなくて。ほんとうは函館で一泊したかったんだけど、証人の実家の浜尾さんが今日がいいと言うので」

「残念だけど、仕方ないわ」

めぐみは目を伏せたが、

「札幌の家に帰るのは久しぶりなのでしょう?」

と、気を取り直したように言う。

「いや、家には帰らない」

「えっ、どうして?」

「浜尾雄一さんのことだけに集中したいんだ。家に帰れば、地元にいる友人たちと会わなくてはならなくなるからね。だから、親にも、札幌に来るとは言っていないんだ」

「まあ」

めぐみは目を見張った。

「じゃあ、私なんかと会っていては……」

「…………」

無意識のうちに、君は特別だという言葉がふいに出そうになって、あわてた。

「その浜尾さんというひと、札幌に帰っているといいんだけど」

めぐみが言う。

「帰っているような気がするんだ」

「どうして？」

「浜尾さんは古いムックリを大切にしていたから。履歴書を見ると、二十五歳のとき、熊本の会社に勤めているんだ。つまり、二十年前に札幌を出ている」

「そのときにムックリを？」

「そうだと思う。あのムックリには思い出があるんだ。だから、二十年間も肌身離さず持っている」

「そうね」

「有原和樹さんが二十年前に函館の高校を卒業して東京に出たと話したら、二十年前と呟いて暗い顔をしていたという」

京介は続ける。

「僕も十八年前の中学三年のとき、アイヌ民族博物館で、ムックリの演奏を聴いたと話した。ムックリを演奏していたアイヌの女性は今、どうしているんだろうって思うことがあると、浜尾さんに話した。浜尾さんは黙っていた。でも、目が鈍く光っていたんだ」

「浜尾さんにはアイヌの女性の恋人がいたんじゃないかしら。きっと、そうよ。ムックリはその女性の形見かも」

めぐみが目を潤ませて言う。

「恋人が死んでいると？」

「わからないけど……」

「いや、生きている。僕は、僕が見たアイヌの女性は今もムックリを演奏しているんでしょうかと言ったんだ。浜尾さんはその言葉に何かを感じたのではないか」

京介はしんみり言い、

「夕方、浜尾さんの実家に行けば、何かわかる」

と、期待した。

「そろそろ時間ね」

めぐみが言う。

「もっと時間が欲しかった」

京介は口惜しそうに言った。

会計を済ませ、駐車場の車に乗り込む。

車は函館空港に向かった。

「今度、いつ会えるのかしら」

ハンドルを握りながら、めぐみがきいた。

「東京に来ないか」

「東京に？　そうね」

めぐみは、それきり黙った。

京介も何も言わずに窓の外を見ていた。やがて、車は函館空港の標識に従って曲がっていった。

4

めぐみに見送られて、京介は札幌丘珠《おかだま》空港に飛んだ。

めぐみの面影を振り払い、京介はこれから会う浜尾雄一の父親に電話をかけたときのことを思い出していた。

弁護士と名乗ってから雄一さんのことでお伺いしたいことがあると言うと、父親の保はしばらく言葉を失っていた。

「雄一さんはそちらに帰っていませんか」

「どういうことですか」

父親は怪訝《けげん》そうにきいた。

「雄一さんはつい先日まで東京の江戸川区西葛西のアパートに住んでいました。突然、引っ越しをされたので行方を探しているのです」

「雄一がそこに住んでいたというのですか」

父親が戸惑ったようにきき返した。

「はい。ご存じなかったのですか」

「……………」

「一度、お話をお聞きしたいのですが、会っていただけませんか」

「わかりました。自宅まで来てくれますか」

そういうやりとりがあって今日の四時に行くということになったのだ。

途中、プロペラ機はだいぶ揺れたが、四十分足らずで札幌丘珠空港に到着した。

空港からバスを乗り継いで札幌駅に行き、そこから函館本線で二駅の琴似に着いた。

雄一の実家は琴似屯田兵村兵屋跡《とんでんへいそんへいおくあと》の近くだった。

訪問時間の四時まで少し間があり、京介は琴似屯田兵村兵屋跡に寄った。

説明板には次のように書かれていた。

——屯田兵制度は、明治六年十二月、開拓使次官黒田清隆の上表に基づき北海道、樺《から》太《ふと》の警備と拓殖、地方警備、開拓の経費軽減、士族の授産を目的として発足したものである。

琴似屯田兵村は、明治七年四月に地割と兵村建設に着手、同年十一月二十八日に二〇八戸の兵屋が完成し、明治八年五月入植した屯田兵制度最初の兵村である。

京介は敷居をまたいで土間に入った。囲炉裏のある板敷きの間の向こうに畳の部屋が二間ある。

剝き出しの天井に板張りの壁。寒々としている。当時の建物と同じ姿に再現したというから、この建物で冬を過ごしたのかと、その過酷な暮しに驚かざるを得なかった。

親族に屯田兵として開拓に加わったひとはいないが、京介の家も曽祖父の代に、伊豆から北海道に移住した。

祖父から当時の苦労話をよく聞かされたものだ。

時間になって、京介は浜尾の実家に向かった。さらに気温は下がり、寒くなった。京介は足を急がせた。

浜尾の実家は洋品店だった。店を覗くと、女性の店員がいた。店の脇に玄関があって、京介はそこに向かった。

インターホンを押すと、応答があったので、名乗ってから用件を伝えた。

五分後、玄関脇の部屋で、七十歳ぐらいと思える浜尾雄一の父親保と向かい合った。

名刺を出し、改めて挨拶をしていると、三十半ばと思える女性がお茶を持ってきてくれた。

「雄一の弟の嫁です」

父親が紹介する。

この家は弟が継いでいるようだ。弟嫁も父親の隣に腰を下ろした。いっしょに、話を聞くようだ。

「じつは先月の二十二日夜に東京都江戸川区西葛西にある有原和樹さん宅で、和樹さんの妻恵利さんが殺され、夫の和樹さんが殺人容疑で逮捕されました。でも、和樹さんにはアリバイがあったのです」

京介はふたりの顔を交互に見て、

「恵利さんが殺された時間、和樹さんは呑み屋で雄一さんと相席になって言葉を交わしていたのです。ところが、雄一さんは和樹さんとの出会いを否定し、証言を拒否したのです。そればかりか、突然引っ越してしまったのです」

父親も弟嫁も困惑したような顔をした。

「雄一さんには何か表に出られない事情があるのではないでしょうか。事情があるならそれを解決し、無実のひとのためにぜひ証言をしてもらいたい。その思いで、今日お邪魔させていただきました」

「なぜ、義兄だとわかったのでしょうか」

弟嫁がきいた。

「雄一さんに会ったのです。それから、働いていた会社に提出した履歴書、アパートの大家さんに出した住民票の写しを見せてもらいました」

弟嫁は父親と顔を見合わせた。

ふたりは半信半疑なのかもしれない。

「雄一さんはアイヌの口琴のムックリを大切そうに持っていました。ムックリのことはご存じありませんか」

「雄一がそういうものを持っていたことは知りません」

「鶴見先生」

弟嫁が口調を改め、

「そのひとは義兄ではありません」

と、はっきりと言った。

「違う？」

「ええ、義兄の名を勝手に使っているだけです」

京介は驚いて、父親の顔を見た。

「その男は雄一ではありません」

父親も目を伏せて言う。

「なぜ、そう言い切れるのですか」

「雄一は二十五歳のとき、札幌を出ていきました。それ以来、消息不明でした」

「なぜ、札幌を出ていったのですか」

「………」

父親は目をしょぼつかせた。

「何があったのですか」

京介はきいた。

「その当時、雄一さんは札幌泉川工機という会社に勤めていましたね」

「いえ」

「違うのですか」

「高校を卒業してその会社に就職しました。でも、二年で辞めています」

「辞めた？」

「人間関係がだめだったみたいで」

「それからどうなさったのですか」

「すすきののクラブでボーイをしていました」

「すすきののクラブですか」

京介は混乱した。

「そこで三年働いたあとに、雄一は突然、家を出ました。弟にあとを託して」

父親は大きく息をつき、

「雄一がいなくなったあと、男が雄一の行方を追ってやって来ました。雄一はクラブのホステスといっしょにいなくなったそうです。そのホステスは暴力団の幹部の情婦だったということです」

「そうですか。雄一さんはやはり暴力団に追われていたのですね。その後、一度も雄一さんから連絡はなかったのですか」

「一年後に、元気で暮らしているからと連絡がありました。女といっしょのようでした。でも、場所は言いませんでした」

「そうですか」

「どこかの盛り場で、ふたりで働いていたのでしょう。十五年経って暴力団の幹部は事件を起こして刑務所に入ったとききました。だからもう安心だと雄一に告げたくても、居場所がわからず……」

「そうですか……。西葛西で、雄一さんはひとりでした。女性とは別れたのですね」

京介が言うと、父親は厳しい顔を向けて、

「そのひとは雄一ではありません」

「なぜ、そう言えるのですか。それとも雄一さんが見つかったのですか」

「消息はわかりました」

「どこに？」

「雄一は三年前に栃木県の鬼怒川《きぬがわ》で交通事故に遭って亡くなったんです。警察から知らせがありました」

「…………」

京介は耳を疑った。

「ほんとうに雄一さんだったんですか」

「雄一の弟の雄次《ゆうじ》が死体の確認をしました。指紋も雄一のものと一致しました」

浜尾雄一は死んでいた。では、西葛西の木下アパートに住んでいた男は誰なのだ。

「雄一は鬼怒川温泉のスナックやホテルで働いていたそうです」

「いっしょにいた女性は今はどこに？」

「わかりません」

「名前はわかりますか」

「いえ、わかりません。雄次なら知っていると思いますが、今、仕事で出かけています。五時までには戻ると思いますが」

今は四時半をまわったところだ。

「雄一さんの写真はありますか」

「用意しておきました。若いころの写真ですが」

父親が一葉の写真を見せた。父親と二十歳前後の男がふたり写っている。

「右に写っているのが雄一です。左は弟の雄次です」

雄一は細面で、痩せていた。二十数年後、歳《とし》をとり、痩せたからといって、木下アパートで会った顔になるだろうか。

やはり、別人だと考えるしかなかった。

「驚きました。あの男性が雄一さんではなかったなんて」

京介は呟いた。

「雄一さんの名を騙《かた》った男に心当たりはありますか」

父親にきいた。

「いえ」

「雄次さんにお会い出来ませんか」

「もうそろそろ帰ってくると思いますが」

父親は答えたが、

「雄次も何も知らないと思います」

三十分後に、雄次が帰ってきた。

「弁護士の鶴見先生だ」

父親が京介の名刺を雄次に見せて言う。

「鶴見です。押しかけて申し訳ありません」

「わざわざ、東京からですか」

雄次は眉根を寄せ、

「誰かが兄の名を騙っていたそうですね」

「今、雄一さんが亡くなっていたことを知って驚きました」

京介が口を開く。

「東京の江戸川区西葛西にあるアパートに雄一さんが住んでいました。ある殺人事件の被疑者の無実を証明出来るひとなんです」

それなのに急に姿を消してしまったと、京介は話した。

「そのひとは兄と別人です」

雄次は静かに言い、

「長い間、音信不通だった兄が死んだと警察から電話がかかってきたんです。それで栃木県の鬼怒川警察まで遺体の確認に行きました。工事現場に向かうトラックに撥ねられたということでした。警察の遺体安置所で二十年振りに物言わぬ兄に会いました」

「すぐ雄一さんだとわかったのですか」

「ええ。頭を強く打ったようですが、顔はきれいでした。若いときのまんまの顔でした」

やはり、浜尾雄一が亡くなったことは確かなようだ。

「雄一さんは、札幌からいなくなったときにいっしょだった女性と暮らしていたのですか」

「そのようです」

「その女性の名はわかりますか」

「確か、若宮《わかみや》こずえさんといいました」

雄次が思い出して答える。

「若宮こずえさんですね」

京介は頭に入れた。

「若宮さんはもともと札幌のひとなのですか」

「そのようです」

「今も鬼怒川にいるのでしょうか」

「さあ、兄がいなくなったんですから、どうでしょうか」

「遺骨はどうなさったのですか」

「私が持ってきました。うちのお墓に納骨しました」

「若宮さんは素直に?」

「手元に置きたいようでしたが、今後のことを考えて諦めたようです」

「住んでいた場所はわかりますか」

「温泉街の中にある『鬼怒川聖《ひじり》マンション』でした。兄がどんな生活をしていたのか、見に行ったのです」

「ふたりはそこに長く?」

「いえ。転々としていたようです。鬼怒川にやって来て三年だと言ってました」

「お子さんはいなかったのですね」

「いません」

「ふたりを探していた暴力団の幹部は事件を起こして刑務所にいるそうですね」

「ええ、無期懲役だと聞きました。兄に伝えたかったのですが」

「そのことは若宮さんに話したのですか」

「ええ、話しました。早く知っていたら、ふたりで札幌に帰ったのにと口惜しがっていました」

「ふたりは札幌に帰りたがっていたのですか」

「ええ。そのようです」

「では、若宮こずえさんは札幌に戻っていることも考えられますね」

「どうでしょうか。帰ってきているなら、うちにお線香を上げに来たり、お墓参りにも来ると思いますけど」

そう言ってから、雄次は顔をしかめ、

「死んだ人間なんかとっとと忘れてしまったのか……」

「こっそりお墓参りをしているかもしれませんね」

若宮こずえが帰ってくるとしたらすすきのだ。すすきののどこかの店で働いているのか。

「雄一さんの経歴ですが」

京介は手帳を開いて口にした。

「一九九五年三月、札幌北斗第一高校を卒業。その年の四月に札幌泉川工機に就職。それから七年後の二〇〇二年に熊本製鋼に転職……」

「後半は違います」

「札幌北斗第一高校を卒業後、札幌泉川工機に就職したまでは合っているのですね」

「ええ」

「名を騙った男は若いころの雄一さんのことを知っているようです。何か心当たりはありませんか」

「いえ、ありません」

雄次は首を横に振った。

「北斗第一高校の同窓会名簿などはありませんか」

「ありませんが、高校時代に仲がよかった同級生の名前はわかります。武野勝政《たけのかつまさ》さんです。昔はよく家にも遊びに来ました」

「その方は今も札幌に？」

「東京に住んでいると思います」

「住所はわかりませんか」

「わかりません」

「そうですか。札幌泉川工機には二年間、勤めていたのですね。その会社の同僚で親しいひとはいたのでしょうか」

「聞いていません」

「札幌泉川工機はどこにあるのですか」

「西区です」

高校時代の同級生か札幌泉川工機の同僚に、偽の浜尾雄一がいるのではないかと考えた。だが、二十年前だ。どこまでわかるか。

あとひとつの可能性は、すすきののクラブでボーイをしていたときだ。ボーイ仲間か、あるいは客か。

「雄一さんが働いていたすすきののクラブの名はわかりますか」

「『ハッピー』です」

「今もあるのでしょうか」

「あると思います」

その後、京介は雄一の位牌に手を合わせ、浜尾宅を辞去した。

外に出て、洲本に電話を入れた。

「鶴見です。今、札幌です。ええ、浜尾雄一の実家に行ってきました。じつは西葛西の浜尾は偽者でした」

「偽者？」

「ええ。ほんとうの浜尾雄一は三年前に鬼怒川で亡くなっていました」

京介は雄一が若宮こずえという女と札幌から逃げた経緯を話した。

「浜尾雄一は死んでいたんですか」

「若宮こずえと『鬼怒川聖マンション』で三年間暮らしていたそうです。もう、若宮こずえは鬼怒川から引っ越していると思われますが、鬼怒川まで行ってもらえませんか」

「わかりました。明日、行ってみます」

「お願いします」

京介はそれからすすきのに行き、南四条通にあるビジネスホテルにチェックインした。

5

八階の部屋に入り、窓辺のカーテンを開ける。ネオンが輝く町が見える。

せっかく札幌にいるのに実家に泊まらないことに後ろめたい思いもあったが、自分にはやらねばならないことがあるのだ。

浜尾雄一を名乗った男は浜尾の身近にいた男に違いない。通っていた高校も、就職した会社も知っていた。そして、実家の住所も。さらに、暴力団から追われていたことも知っていたのだ。だから、勝手に名を使えたのだ。

その男は三年前に浜尾雄一が死んでいたことを知らなかった。五年前に西葛西のアパートに入居する際は浜尾雄一として生きていても何ら問題はなかっただろう。だが、死んだあとでは住民票もとれなかった。

今は、追跡される恐れがあるので、住民票はとれない。だとしたら、身許《みもと》の確認のいらないアパートに住むか、どこかに住み込みで働くか。

だが、西葛西を出たあと、札幌に戻ったような気がしてならない。ひょっとして、この近くにいるのではないか。

京介は部屋を出て、一階のフロントに寄った。

「すみません。ちょっとお訊ねしたいのですが、『ハッピー』というクラブをご存じではありませんか」

「『ハッピー』ですか」

若いフロントマンは首を傾げた。

「聞いたことありません」

「そうですか。二十年前から続いているバーかスナックはわかりますか」

「『孤島《ことう》』というバーは古いですよ。それこそ、マスターはすすきのの隅々まで知っているような方です」

「場所はどちらでしょうか」

「南六条西四丁目の南六四ビルの三階です」

京介はホテルを出た。冷たい風が顔に当たった。

圧倒されるようなネオンの輝きだった。スナックやキャバクラ、それに風俗店の看板が目につく。

札幌には開拓のために多くの男たちが集まっており、一八七一（明治四）年にすすきのに遊廓《ゆうかく》が出来た。

今では東北・北海道で最大の歓楽街である。

とりあえず夕飯をとってからと思い、辺りを見回しながら歩く。ジンギスカンの店や回転寿司《ずし》の店なども目についたが、カウンターだけのラーメン屋に入り、味噌《みそ》ラーメンに餃子《ギョーザ》を頼んだ。

疎《まば》らだった客席は、食べ終えたときにはいっぱいになっていた。

ラーメン屋を出て、南六条西四丁目に向かう。どのビルにも飲食店の看板がたくさん出ていた。

ホステスらしい女性がビルに入っていく。同伴らしい年配の男が若い女性と歩いている。京介はビルの名を見ながら先に進む。

南六四ビルが見つかった。その三階に、『孤島』の看板が見えた。

エレベーターで三階に上がった。三軒並んだ店の真ん中が『孤島』だった。

京介はドアを開けた。七人ほど座れるカウンターだけだ。客は奥にひとりいて、赤いベストに蝶《ちょう》ネクタイの女性のバーテンダーが相手をしていた。

同じ赤いベストに蝶ネクタイの白髪の男性が京介の前にやって来た。

「いらっしゃい」

「水割りをください」

棚にボトルが並んでいる中に、ニッカウキスキーの余市《よいち》のラベルが見えたので、それを指定した。

マスターが水割りを置いたとき、京介は切り出した。

「ホテルのフロントできいてきたのですが、ここは古いそうですね」

「三十年になります」

すかさず、京介はきいた。

「二十年くらい前に『ハッピー』というクラブがあったと聞いたのですが、覚えていらっしゃいますか」

「『ハッピー』ですか。ありました。十年前に閉めました。今はキャバクラになっています」

「そこで働いていた浜尾雄一という男性と若宮こずえという女性をご存じありませんか」

「失礼ですが、お客さんは？」

「はあ、じつは私はこういうもので」

京介は名刺を差し出した。

「弁護士さん？」

「はい。ある事情から若宮こずえさんを探しているのです」

「………」

「昼間、浜尾雄一さんの実家を訪ね、弟さんから雄一さんが働いていたのが『ハッピー』というクラブだと聞いたのです」

「そうですか」

「ふたりが札幌を出ていったという話は聞いていらっしゃいますか」

「噂はすぐ飛び込んできますから」

「若宮こずえさんは暴力団幹部の情婦だったとか。親しくなったふたりはその幹部から逃げたというのですね」

「そのようですね」

「マスターはふたりと面識はありませんでしたか」

「ええ」

「『ハッピー』のママは今どうしているのかご存じありませんか」

「もう、こういう商売は引退したんじゃありませんか」

「そうですか。当時、働いていた従業員のひとたちが今どうしているかなんかもわかりませんよね」

「ええ」

京介は落胆して、グラスに手を伸ばした。

「二十年前のことが、何かの事件に関わっているのですか」

マスターがきいた。

「ある事件の重要な証人が突然、アパートから引っ越してしまったのです。で、その行方を探しているのですが、その男は浜尾雄一さんの名を騙っていたことがわかったのです」

京介は声をひそめて年配のバーテンだけに聞かせた。

「その男は浜尾雄一さんのことを知っていて、なりすましていたようなんです。『ハッピー』で働いていた時代に、浜尾雄一さんとその男は知り合った可能性があります。若宮こずえさんに会えば、何かわかるかと思いまして」

「若宮さんの手掛かりは？」

「何もありません。ただ、浜尾雄一さんは三年前に不慮の事故で亡くなったそうです。ひとりになった若宮さんはどうしたのか。すすきのに戻るという選択肢もあったのではないかと思ったのですが」

「なるほど」

マスターは頷いた。

「『ハッピー』の関係者が今はどこにいるかわからないでしょうね」

「いつまでこちらにいらっしゃいますか」

「二、三日歩き回ってみるつもりでいるんですが」

「『ハッピー』のママの居場所を当たってみます。わかったら、ご連絡を差し上げましょう」

「お願いいたします」

京介は勘定を済ませて店を出た。

ホテルの部屋に戻ると京介は携帯を取り出して、札幌での未解決事件を検索してみた。

まず目に入ったのは、二〇一四年に東区で起きた女性殺害事件だ。この事件で浮上した容疑者の男は近くのビルの屋上から飛び降り自殺した。

しかし、容疑者の男と被害者の女性との関係や殺害の動機が解明出来ず、真相はわからないままだという。

真犯人が別にいたとしても、この事件は七年前だ。偽の浜尾雄一が関係しているとは思えない。

次に、琴似ショッピングセンター裏通り魔事件で、帰宅途中の女性が通り魔の男にナイフで刺され死亡した。犯人はわかっていない。

しかし、事件は一九八一年、四十年前だ。これも違う。

次に、一九九九年に起きたタクシー強盗殺人事件。豊平区月寒中央通で、タクシーの運転手がナイフで刺されて死亡し、売上金を盗まれた。この事件の犯人も不明だ。

二十二年前だが、犯人の名前もわかっていないのだ。名前を変えて逃亡する必要はないかもしれないが……。用心をして他人になりすましているのか。

さらに、二〇〇一年十月二十一日に、北海道大学に近いマンションで起きた殺人事件があった。

『道央星マンション』の四階に住む会社員の井端正毅《いばたまさき》二十五歳が刃物で刺されて死亡しているのを知り合いが発見した。

警察は参考人として同僚の会社員Aから任意で事情を聞いていたが、Aが突然姿を晦ました。

警察は重要参考人としてAの行方を追っている。

このAはいまだに見つかっていないということだ。二十年前の事件だ。ひょっとしたら、西葛西の浜尾雄一はAではないか。

ふたりは札幌泉川工機の社員ではないのか。ならば、Aが浜尾雄一を知っている可能性は高い。

ネットでは詳しいことはわからない。明日、図書館に行こうと思ったが、ふと北海道中央新報に中学時代の同級生がいるという友人のことを思い出した。

京介はクラスが違ったのでその同級生とは交流はなかったが、毎朝《まいちょう》新聞の文化部にいる友人の谷岡茂明《たにおかしげあき》から友達が北海道中央新報にいると聞いたことがある。

京介は谷岡に電話をした。

谷岡はすぐに出た。

「鶴見か。久しぶりだな」

「まだ、仕事か」

「ああ、社だ。記事を書いている。これから出ていくのは難しい」

「誘いじゃない。今、札幌にいる」

「帰ったのか」

「いや、すすきののホテルだ」

「すすきの？　なぜ、実家じゃないんだ？」

京介は事情を説明してから、

「確か、北海道中央新報に中学時代の友達がいると言っていたな」

「ああ、一組にいた増野大次郎《ますのだいじろう》だ。社会部にいる。それがどうした？」

「二十年前の事件で知りたいことがあるんだ」

「二十年前は俺たちはまだ中学生だ」

「新聞記事を見せてもらいたいだけだ。紹介してくれないか」

「おやすい御用だ。さっそく電話をしてみる。折り返し連絡するから」

電話を切って十分ほどして、谷岡から電話が入った。

「今、増野と話した。彼も、鶴見が弁護士になっていることを知っていた。電話を待っているそうだ。電話番号は……」

「わかった。助かった」

京介は礼を言い、電話を切ると、改めて今聞いた電話番号にかけた。

「はい。増野です」

「今、谷岡から紹介してもらった鶴見です」

「前々から、谷岡から鶴見さんのことは聞いていました。私もお会いしたいと思っていたんです」

挨拶を交わしたあとで、京介は用件に入った。

「二〇〇一年十月二十一日に、北海道大学に近いマンションで起きた殺人事件のことを知りたいのです。会社員の井端正毅二十五歳が刃物で刺されて死亡し、警察は参考人として同僚の会社員Aから任意で事情を聞いていたが、Aが突然姿を晦ましたと、ネットの記事で読みました。このAのことについて知りたいのです」

「わかりました。明日、社に行って調べます。十時過ぎには終わります」

「では、十一時に会社までお伺いいたします。会社の場所はスマホで調べます」

「わかりました。ロビーに着いたら携帯にかけてください」

京介は電話を切った。

頼りになる友人がいてよかったと思いながら、京介はベッドに入った。

朝が早く、一日動き回って疲れたせいか、すぐに寝入った。

翌日、フロントにもう一泊すると伝え、ホテルを出た。

十一時前に、大通公園《おおどおり》の近くにある北海道中央新報の十階建てのビルの玄関を入った。ロビーの正面に受付があるが、京介は携帯を取り出してかけた。

「今、ロビーにいます」

「すぐ行きます」

五分ほどで、増野がやって来た。中学時代に見かけただけだが、鰓《えら》の張った四角い顔は記憶にあった。

「あそこに」

壁際に、衝立で仕切られて応接セットが並んでいた。

そのひとつに入って、テーブルをはさんで向かい合った。

「お訊ねの事件はこれですね」

増野は縮刷版をコピーしたものを差し出した。

マンションで男性が殺害される、という見出しで、北海道大学に近い『道央星マンション』の一室で、その部屋に住む会社員井端正毅二十五歳が刃物で刺されて死亡しているのを知人が発見した。室内に争ったあとはなく、盗まれたものもなかったとある。

それから、数日後の新聞に、警察は参考人として同僚の会社員A二十五歳から任意で事情を聞いているとあった。

それから三日後の新聞では、重要参考人の浅村勝一郎《あさむらかついちろう》が行方不明と報じている。被害者の勤める会社は浜尾雄一が勤めていた札幌泉川工機ではなく、北方ケミカルという企業だった。

「今の社会部長が二十年前、この事件を取材したそうなんです。それで、話を聞きました。警察は浅村勝一郎を任意で呼んで事情聴取を繰り返していましたが、容疑が固まり次第、逮捕する予定だったそうです」

「浅村勝一郎が犯人に間違いなかったのですね」

「そのようです。被害者の衣服から採取されたＤＮＡが浅村のものと一致し、その時間帯のアリバイも嘘だったといいます」

「すぐに逮捕しなかったのはどうしてなのでしょうか」

「動機が不明だったそうです。殺したことは間違いないが、なぜ殺したのか」

「動機ですか」

「ふたりはそれほど親しい仲ではなく、あまり関わりはなかったといいます」

「いまだに浅村勝一郎は見つかっていないのですね」

京介は確かめる。

「ええ、見つかっていません」

「指名手配されているのですね」

「ええ。でも、公開捜査ではないので、一般のひとはわからないでしょうね」

「では、道警のウェブサイトには指名手配の被疑者の顔写真は載っているでしょうか」

「さあ、どうでしょうか」

増野は首を傾げた。

現在の、頬がこけて頬骨が突き出た顔は二十年前とは大きく違うかもしれない。写真で判断するのは難しいだろう。

「浅村勝一郎の実家はわかりますか」

「北広島《きたひろしま》にあったそうですが、浅村勝一郎が逃げたあと、一家は引っ越しています」

「どこに?」

「広島のようです。浅村家は広島から移住したそうなので、向こうには親戚もいたということです」

そして、増野がきいた。

「ひょっとして、浅村勝一郎らしき男に会ったのですか」

「じつは、ある殺人事件の被疑者の無実を証明出来る男性が、私が会いに行った二日後に引っ越してしまったんです。その男性は他人の名を騙って生活していたのです」

経緯を説明すると、増野は目を輝かせた。

「その男が浅村勝一郎かもしれないのですね」

「そうだという証拠はありません。ただ、二十年前の事件の重要参考人で、現在も行方がわかっていない人間を調べてみようということで」

「私にも手伝わせていただけませんか」

増野は訴えるように言った。

「しかし、すべてが明らかにならないうちに記事になると……」

「それはしません」

増野はきっぱりと言い、

「調査にはお役に立てると思います」

「では、北方ケミカルで、浅村勝一郎と親しかったひとを探していただけませんか。当時の浅村勝一郎の様子を聞いてみたいので」

「わかりました。調べてみます」

「お願いいたします」

増野が独自に調べはじめるかもしれないと思ったので、浜尾雄一の件はまだ話さなかった。

京介は礼を言い、立ち上がった。

増野は京介がロビーを出ていくのをずっと見送っていた。

外に出たとき、携帯が鳴った。電話帳に登録されていない番号からだ。

「もしもし、『孤島』です」

昨夜のバーのマスターだった。

「『ハッピー』のママの住まいがわかったのですか」

京介は思わず先走った。

「いえ。じつは本人に確かめてからと思って言わなかったのですが、若宮こずえさんはすすきのに戻っています」

「やはり帰っていたのですね」

「ええ。鶴見さんの話をしたら、会ってもいいと言ってました」

「ほんとうですか」

「連絡先を言いますから」

マスターは若宮こずえの連絡先を教えてくれた。

京介はすぐその番号に電話をかけた。

第三章　ムックリの女

1

待ち合わせ場所である、時計台の近くにあるホテルの一階にある喫茶室に入った。見回したが、若宮こずえらしい女性の姿はなかった。京介は中庭に面したテーブル席に腰を下ろした。

コーヒーを注文したあと、携帯が鳴った。こずえからだった。京介は立ち上がって、入口に目をやった。地味なダウンジャケットを着た四十年配の女性がスマホを耳から離して近づいてきた。

京介は立ったまま迎えた。

「鶴見先生ね」

こずえはジャケットを脱いで言う。

「はい、鶴見です」

京介は名刺を差し出した。

「もっとお歳の方かと思っていたわ」

「どうぞ」

京介は座るように勧めた。

ふたりが腰を下ろしたとき、コーヒーが届いた。

こずえもコーヒーを頼んだ。ウェーブのかかった黒髪に加え、目鼻だちがはっきりして華やかな印象だった。

「私を探していたそうね」

いきなり、こずえが本題に入った。

「はい。ほんとうは浜尾雄一さんにお会いしたかったんです。でも、浜尾さんはお亡くなりに」

「ええ、交通事故で」

こずえは目を伏せた。

「浜尾さんとは『ハッピー』で親しくなったのですか」

「ええ。彼もそこで働いていたの」

「『ハッピー』は大きなお店だったのですか」

「ええ、女の子もずいぶんいたわね。常に、十人はお店に出ていたわ」

「そのころ、あなたにはお付き合いをしている方がいたのですね」

「ヒモよ。すすきのに事務所を構える組の若頭で兵藤《ひょうどう》という男。兵藤のために『ハッピー』で働くようになったの。十八歳からの付き合いだったわ。がっしりとしたたくましい体で、頼りがいがあった。まだ右も左もわからないときだったから、兵藤にころりと騙《だま》されて。暴力団だと知ったのはだいぶあと」

こずえは自嘲ぎみに顔をしかめる。

コーヒーが運ばれてきて、こずえは口を閉じた。その間に、京介はコーヒーに口をつけた。

「彼氏がいるのにどうして浜尾さんと親しくなったのですか」

「兵藤は暴力が激しいの。ＤＶね。嫉妬深くて、短気で。あるとき、腕の痣《あざ》を見て、浜尾が憤慨してね。とにかく、浜尾はやさしかったわ。だから、いつしか浜尾に惹かれ、それを兵藤に気づかれたの。このままではふたりとも殺されてしまうと思って、ふたりで逃げたの。新千歳《しんちとせ》空港だと気づかれると思って、特急で函館まで行き、函館空港から東京まで出て、さらに新幹線で大阪に行き、そこから熊本へ」

「なぜ、熊本に？」

「友達がいたの。彼女に部屋を借りてもらい、夜のお店で働きだしたわ。浜尾は風俗店のボーイに」

「いつまでも逃げ回るつもりだったんですか」

「ええ。捕まったら殺されると思ったから」

「札幌を出たのはいつだったのですか」

「二十年前の六月末だったわ。熊本では梅雨明けが近いとテレビで言っていたから」

「六月末ですか」

浅村勝一郎が殺人を犯したのは二十年前の十月だ。四カ月ほどのずれがある。

「浅村勝一郎という男を知っていますか」

「知っているわ」

「どうして知っているんですか」

「『ハッピー』のお客さんでしたから。鶴見先生こそ、どうして浅村さんを知っているんです？」

「東京で会っているんです」

「浅村さんと会ったの？」

「ええ。浅村勝一郎は浜尾雄一さんの名を騙ってアパートを借りていました。浜尾さんの本籍地も出身高校も知っていました。浜尾さんと浅村勝一郎はかなり親しかったのでしょうか」

「いえ、そんなに親しくはないわ」

「では、どうして知っていたんでしょうか」

「浜尾が教えたからよ」

「教えた？」

「熊本で暮らしはじめてからも常に札幌のニュースを気にしていたの。井端正毅ってひとが殺された事件を知り、重要参考人が浅村さんだと気づいた。それで、浜尾が浅村さんに電話をしたのよ。もし、逃げるなら、俺の戸籍を使っていいと」

「井端さんも『ハッピー』のお客だったのですね」

「そうよ」

「どうして、重要参考人が浅村さんだと気づいたのでしょうか。ふたりは日ごろから仲が悪かったのですか」

「そんなことなかったけど」

「浅村さんが井端さんを殺した動機はなんだったのか、浜尾さんは何か言ってましたか」

「どうして殺したのだろうかと不思議がっていたわ」

「知らなかったのですか」

「ええ」

「あなたはお店でふたりに付いたりしていたのですよね。ふたりの間に何があったのだと思いますか」

「わからないわ」

「そうですか。ところで、なぜ浜尾さんは浅村さんに戸籍を使わせたのでしょうか」

「兵藤が住民票から行方を探り出すと思っていたのよ。だって、組の事務所には顧問弁護士もいるから住民票を移せばすぐ嗅ぎつけられてしまう。浅村さんに戸籍を勝手に使ってもらえたら、目晦ましになると考えたみたい」

「なるほど。戸籍から浜尾雄一の居場所を突き止めたら、まったくの別人だったということになりますね」

　京介は頷き、

「あなた方も住民票がとれないと何かと不便だったのではありませんか」

「ええ。でも、私たちには手を貸してくれるひとがいたので」

「アパートを借りてくれたお友達ですね」

「ええ。だけど、一カ所に長くいると不安なので四、五年ごとに引っ越したわ」

「熊本から別の場所に？」

「ええ、熊本のあと島根の玉造《たまつくり》温泉、そのあとに新潟の古町《ふるまち》のクラブの寮にふたりで住み込んだわ」

「最後は鬼怒川温泉ですか」

「そう。鬼怒川にあるスナックのオーナーが病気で店に出られなくなったので、代わりにやってくれる人間を探していると聞いて、鬼怒川に行ったの」

「温泉街だと、あなた方を知っているひとが泊まりにくる可能性もあったのではありませんか」

「その心配はあったけど、そのときはまた逃げればいいと」

「そうですか」

「五年前に、兵藤は事件を起こして刑務所に入ったそうですが、あなたがそのことを知ったのはいつですか」

「三年前よ。スナックに札幌からやって来たお客さんがいたの。そのひとが、暴力団の幹部が事件を起こして服役していると話していたのよ。それが兵藤のことだとすぐわかったわ」

「あなたのことをまったく知らずにですか」

「もちろん、そうよ」

「三年前というと、浜尾さんが事故に遭った年ですね」

「ええ。それから三カ月後の六月に事故に」

こずえはしんみり言う。

「あなたが札幌に戻ったのはいつですか」

「浜尾さんが亡くなってどのくらいで?」

「二年前」

「半年ぐらいかしら」

「兵藤が服役して、もう安心だと思ったからですか」

「そうよ」

「やっぱり、札幌に帰りたかったのですか」

「ええ。浜尾もほんとうは帰りたかったのだと思うわ。札幌を離れて十七年だったもの」

「そうでしょうね」

浅村勝一郎も札幌に帰っている。京介はそう確信した。

「二十年前、浜尾さんが浅村勝一郎に電話をした後、ふたりが連絡をとりあったということはなかったのでしょうか」

「ないわ」

「ところで、『ハッピー』にアイヌの女性は働いていなかったですか」

京介はきいた。

「いないわ。どうして?」

「浅村さんはムックリを持っていたんです」

「ムックリって、アイヌの？」

「ええ、口琴です」

「それで、アイヌの女性ってきいたのね。お店にはいなかったわ。ひょっとして会社にいたんじゃないの」

「そうかもしれませんね」

ふたりは北方ケミカルという会社で働いていた。

「もういいかしら」

「若宮さんは二年前に札幌に戻って、すぐまたすすきので働きだしたのですか」

「そうよ」

「兵藤は服役していても、舎弟がいるんじゃありませんか」

「ええ。でも、もう二十年近く前のことだったし」

「そうですか」

「もういいかしら」

こずえは残ったコーヒーを飲み干して言った。

「もし何かあったら、またお電話をしてもよろしいでしょうか」

「ええ。構わないわ」

こずえはバッグから名刺を出した。

「お店よ」

京介は受け取った。

スナック『こずえ』とある。

「若宮さんのお店なのですか」

「雇われママよ。次はここで会いましょう」

こずえは微笑《ほほえ》んだ。


ホテルの前で若宮こずえと別れ、京介は昼食にと、ガイドブックを頼りにスープカレーの店に入った。

昼時で、かなり客が入っていた。ちょうどカウンターのひとり客が帰ったところで、京介はそこに座った。

メニューにはいろいろな種類があるが、ハンバーグと道産の野菜がたっぷり入ったスープカレーを頼んだ。スープカレーは京介が地元を出てから流行しだしたものだ。いろいろなトッピングがあり、辛さも何種類もあった。カレーというイメージとは違ったが、いっきに夢中で食べた。外には客が並んでいた。

携帯の着歴を見ると、北海道中央新報の増野大次郎から着信があった。

会計を済ませ外に出て、電話をかけた。

「すみません、電話に出られませんで」

京介は詫びた。

「いえ。浅村勝一郎の同僚がわかりました。広田孝二《ひろたこうじ》です。今は開発一課長だそうです」

「ありがとうございます。さっそく行ってみます」

京介は電話を切り、すぐに北方ケミカルに電話をかけた。

「はい。北方ケミカルでございます」

「恐れ入ります。弁護士の鶴見と申します。開発一課の広田課長をお願いいたします」

「開発一課の広田ですね。お待ちください」

女性の声がして、しばらく待ってから、

「お待たせいたしました。お繋《つな》ぎいたします」

と告げられたあと、男性の声が聞こえた。

「もしもし、広田ですが」

「突然、お電話をして申し訳ありません。私、東京から来た弁護士の鶴見と申します」

「…………」

「二十年前に姿を晦ました浅村勝一郎さんについてお訊ねしたいのですが」

「浅村のこと？」

「広田さんは同期だったとか」

「ええ、そうですが。でも、何もお答え出来ることはないと思いますけど」

「それでも構いません。会っていただけませんか。御迷惑でなければ、これから会社までお伺いいたします」

「わかりました。これから会議があるので、三時にお越しいただけますか。受付で呼び出してください」

「わかりました」

あと二時間ほどある。京介は新幹線ホームの工事をしている札幌駅北口を出て、北海道大学に足を向けた。

京介も高校のときに北大に憧れたが、それ以上に東京に行きたかった。理由は単純といえば単純、変わっているといえば変わっているかもしれない。

京介が札幌を離れた理由はたったひとつ、歌舞伎座がないからだ。

京介は中学生のときに、テレビで初めて歌舞伎を観《み》た。歌舞伎座公演の録画だった。弁天小僧の浜松屋の場の面白さに胸が躍った。それから、高校生になったとき、中村吉《きち》右衛門《えもん》の河内山宗俊《こうちやまそうしゅん》を観て、いつか生で観たいと思うようになった。

東京に行けばいつでも好きなときに歌舞伎を観ることが出来る。司法試験を目指しながら、歌舞伎座や新橋演舞場、国立劇場へと通った。

京介は北大の南門から構内に入った。図書館のほうに足を向ける。高校生のときはガールフレンドとよく来たものだ。

その彼女は今はどうしているだろうか。甘酸っぱい感慨に浸りながら奥に進んだ。


三時前に、京介は北方ケミカルの本社ビルの受付の前に立った。

受付の女性に、広田課長と約束があると伝えると、壁際のソファーで待つように指示された。

会議が長引いて、広田がやって来たのは三時半になろうとしているときだった。

小肥りの男が受付に寄ってから京介の前に近づいてきた。京介は立ち上がって迎えた。

お互いに自己紹介を済ませて、ソファーに腰を下ろした。

「浅村勝一郎のことだそうですが」

広田が促した。

「はい。浅村さんは同じ会社の井端正毅さんを殺して行方を晦まし、今もって行方がわからないということですね」

「ええ。もしかしたら死んでいるのではと思ったりしましたが……」

広田は厳しい顔になって、

「なぜ、浅村のことを？」

「浅村さんらしきひとを見かけたのです。本人かどうか調べているのです」

「どんな顔つきでしたか」

「痩せていました。顔は頬がこけて頬骨が突き出ていました」

「浅村はどちらかといえばふっくらとした顔だちでした」

「長い逃亡生活の果てに痩せたのかもしれません」

「そうですね」

「なぜ、浅村さんが井端さんを殺したのか心当たりはありませんか」

「当時、警察からも執拗《しつよう》にきかれましたが、まったくありません」

「ふたりは仲がよかったのでしょうか」

「同じチームでしたから」

「ふたりはすすきのの『ハッピー』というクラブによく行っていたようですが」

「あそこは井端がよく行っていたんです。で、ときたま浅村を誘っていたようです。井端は浅村を気に入っていたようなので」

「井端さんがお金を出していたのですか」

「そうです。井端の実家はかなり繁盛している歯科医で、金に余裕があったんでしょうね、遊び方は派手でした。浅村はどちらかというと付き合わされていたと言ったほうがいいでしょうね」

「何かふたりの仲に亀裂が入ったということは?」

「どうでしょうか。ないと思いますが。浅村からは井端の悪口は聞いたことはありませんから」

「女の問題はどうでしょうか」

「女ですか」

広田は首を傾げた。

「『ハッピー』の同じホステスに惹かれたとか」

「そんなことはないと思います」

「浅村さんには付き合っている女性はいたのでしょうか」

「聞いたことはありません」

「井端さんは?」

「井端にはいたようですね」

「その女性が誰かはわかりますか」

「わかりません」

「社内の女性に対してはいかがでしょうか」

「同じ女性の取り合いですか。それはないと思います。少なくとも、端から見た限りではありません」

「社内に、アイヌの女性はいましたか」

「ええ、いました」

「いましたか。浅村さんとそのアイヌの女性は親しかったのでしょうか」

「部が違ってましたからあまり接点はなかったと思います。なぜ、そんなことを？」

「じつは浅村さんらしきひとはムックリを持っていたのです。古いものでした。それを大事に持っていたのです。ご存じではありませんか」

「知りません」

「そうですか」

「井端さんの実家の歯科医院は今も続いているのですか」

「ええ。お兄さんが継いで、今はビルの中で大きくやっています」

「どこでしょうか」

「札幌駅前にあるビルの四階です。『イバタ歯科』と大きく出ていますよ」

「ありがとうございました」

京介は礼を言って立ち上がった。

どうしても、浅村とムックリの関係がわからなかった。

京介はホテルに戻った。まだ四時半だが、もう空は暗くなっていた。東京より、日の入りはだいぶ早かった。

2

ホテルの部屋に落ち着いたとき、洲本から電話があった。

京介はベッドの端に腰を下ろして、電話に出た。

「今、鬼怒川です。今日一日、鬼怒川でいろいろ調べました」

「そうですか。それはお疲れさまでした」

京介は労《ねぎら》った。

「いえ。日帰り温泉に入りましたし、かえって疲れがとれたような気がします」

洲本はそう言ってから声の調子を変えた。

「まず、浜尾雄一と若宮こずえにスナックをやらせていたママに会いました」

スナックのオーナーが病気で店に出られなくなったので、代わりにやるようになったと若宮こずえが言っていた。

「二年ほどやっていたそうです。こずえは色気があったので、観光客や地元の客でかなり繁盛したようです。浜尾はホテルで働いていたということです。ふたりの住まいは、ママがマンションの部屋を借りてやったということです」

「なるほど」

「で、三年前の六月に浜尾が交通事故に遭いました。ところが、この事故、加害者がわからないんです」

「わからない？　ひき逃げということですか」

「そうです。ひき逃げだそうです。警察が事故を起こした車を見つけたのですが、盗難車だったそうです」

「盗難車でひき逃げ……」

「怪しいと思いませんか。警察も単なるひき逃げかどうか疑いを持っていたようです。ですが、若宮こずえが浜尾雄一には殺される理由がないと言ったことで、ひき逃げ事件として捜査をしていたようです」

「情夫の男が事件を起こして服役したことを、若宮こずえはその三カ月前にたまたま札幌から来た観光客から聞いたと話していました」

「なんだか怪しいですね。なぜ、観光客がそんな情夫の男の話をしたのでしょうか」

洲本も疑問を呈した。

「それから半年後に、若宮こずえはすすきのに戻っています。今は、お店を任されているようです」

「スナックの元ママが、店に顔を出したら、若宮こずえが見知らぬ客と声をひそめて話していたことがあったそうです。元ママに気づくと、あわてて話をやめたと。不自然だ

った と言ってました」

「それはいつのことですか」

「浜尾雄一が事故に遭う数日前だったということです。そうそう、若宮こずえと浜尾雄一はときたま激しく言い争っていたと、同じマンションの住人が言っていました」

「言い争いですか」

どんなに仲がいい男女でも、いっしょに暮らしていればぶつかることもあるだろう。ことに、このふたりは逃亡生活を送っているのだ。さまざまな制約の中にいた。四、五年ごとに引っ越しを繰り返してきた。お互い、かなりのストレスを抱えていたことだろう。ふたりはどんなことで言い争っていたのか。

「それに浜尾はかなり酒を呑んでいたそうです」

「酒を？」

「ふたりはうまくいっていなかったんじゃないでしょうか。この件、もう少し調べてみましょうか」

「そうですね。これから、若宮こずえに会って話を聞いてみます。場合によっては、浜尾雄一が札幌から逃げた経緯を警察に話したほうがいいかもしれません」

京介は電話を切ったあと、すぐに若宮こずえに電話をした。

八時前に、京介はスナック『こずえ』の扉を押した。

広々としたフロアで、七人ほどが座れるカウンターとテーブル席がゆったりと並んでいた。

若宮こずえは化粧をし、髪を結い上げた着物姿で、昼間とまったく別人のように妖艶な感じだった。四十過ぎには見えなかった。

「お好きなところに座って」

こずえが言うと、京介はカウンターの端に腰を下ろした。

こずえも隣のスツールに座り、

「まただきたいことがあるんですって。何なの？」

「このお店は二年前からでしたね」

「ええ。そうよ」

「どういう経緯で？」

「あら、言わなかったかしら。浜尾が事故死をした半年後に札幌に帰ったのよ。そのとき、昔の仲間に連絡したら、ちょうどママが都合で続けられなくなったお店があるというので、オーナーに会ったのよ」

「なんだか鬼怒川と同じような状況ですね」

京介は口をはさんだ。

「そういえばそうね」

「そのオーナーはどこのどなたですか」

「鶴見先生には関わりがないでしょう」

こずえは笑みを浮かべた。

「ひょっとして、兵藤さんの事務所と関係があるのではないかと思ったものですから」

「どうして兵藤が出てくるのさ」

京介は間を置き、

「浜尾雄一さんの交通事故死。ほんとうはひき逃げだったそうですね」

「ええ」

「交通事故に遭ったとだけしか聞いていなかったので」

京介はこずえの顔を凝視し、

「加害者はまだ見つかっていないそうですね」

「ええ」

「おまけに、車は盗難車」

「何が言いたいのかしら？」

「ほんとうに事故だったのでしょうか」

「…………」

「だって、そうでしょう。浜尾さんはずっと兵藤の舎弟に命を狙われていたのですよね」

「ええ。でも、兵藤は刑務所にいるのよ」

「刑務所からでも指示は出来るんじゃありませんか」

「まさか、浜尾は兵藤の舎弟に殺されたとでも?」

こずえの顔は強張《こわば》っていた。

「三年前、鬼怒川のスナックに札幌からやって来たお客さんがいたと仰っていましたね」

「ええ。そうよ」

「そのひとが、暴力団の幹部が事件を起こして服役していると話したということでした。なぜ、そのひとがそんな話を知っているのか。なぜ、あなたにその話をしたのか。不思議ではありませんか」

「そうかしら。暴力団はどこにもいるし、そのとき、みかじめ料の話題になって、その流れで、そんな話になったんだわ」

「なぜ、そのひとがそんなことを知っていたんでしょう」

「そのひとの知り合いが、すすきのでスナックをやっていてみかじめ料をとられたという話からそんな話になったんだわ」

「暴力団幹部の兵藤という男が事件を起こして服役したのは五年前ですね。三年前に鬼怒川のスナックに札幌からの客が来て、兵藤のことを話した。その三カ月後に浜尾雄一さんがひき逃げされて死亡。そして、半年後にあなたはすすきのに戻った……」

京介は確かめるように経緯を語った。

「今ので間違いないですね」

「ええ、まあ」

廊下からひとの声が聞こえたが、隣の店に入っていったようだ。

「浜尾さんがひき逃げされる数日前に、鬼怒川のスナックに客が来ていたそうですが、間違いありませんか」

「三年前のことなんか覚えていないわ」

「スナックのオーナーの元ママが店に入っていったとき、あなたとその客が深刻そうに話していたのを見たことがあったそうです」

「どうして、そんなことを言うの？　想像で話しているのかしら」

「いえ、私の事務所の調査員が今、鬼怒川で調べているんです」

「………」

「あなたは浜尾さんがひき逃げされたとき、兵藤の舎弟に追われていることを警察に話しませんでしたね」

「関係ないのだから、話す必要はないでしょう」

「どうして関係ないと言えるのですか」

京介は静かに問い返す。

「ひき逃げの車は盗難車だったとわかったとき、警察は殺人の可能性も考えたようです。それでも、あなたは浜尾さんがひととトラブルを起こしたことはないと警察に答えた。それで、殺しの線が消えた……」

「そんなことないわ」

「もし、警察があなた方と兵藤の関係を知ったら、ひき逃げ事件に関して……」

「勝手な憶測はやめてちょうだい」

「兵藤が服役したことを知らせた札幌からのお客と、オーナーの元ママが見たあなたと深刻そうに話していた男は同じ人物ではありませんか」

「違うわ」

こずえの声に力はなかった。

「札幌からのお客と、すすきのに戻って会いましたか」

「会うわけないでしょう」

「なぜですか。連絡すれば、このお店のお客さんになってくれるんじゃありませんか。旅行先で、地元のスナックに寄るようなお客なら、きっと馴染《なじ》みになってくれるとは思いませんか」

「お客さんの連絡先も知らないし」

「名刺はもらわなかったんですか」

「もらわないわ」

こずえはだんだんいらだってきたように、

「もうそろそろお客さんが来るころよ。もういいでしょう」

「鬼怒川の警察に、あなた方が兵藤の舎弟から逃げていたことを知らせても構いませんか。ひき逃げの加害者を捕まえる一助になるかもしれません」

「そんなこと関係ないでしょう」

こずえは強い口調で言う。

「関係あるかないかは、警察が調べます」

「いまさら困るわ。そんなことをされたら、また私も警察から事情を聞かれるじゃないですか」

「しかし、浜尾さんをひき殺した犯人は今もどこかで、のうのうとしているんです。あなたは犯人を捕まえたくないのですか」

「それは捕まえたいけど」

こずえの声が小さくなった。

「失礼なことをお訊ねしますが、あなたは浜尾さんといっしょに逃亡生活を十七年も続けてきたんですよね。ふたりは激しい恋に落ちたからこそ兵藤から逃げたのですよね。でも、その後もずっと同じ気持ちでいられたのですか」

「…………」

こずえは目を伏せた。

「だんだん言い争いをするようになったのではありませんか」

「そんなことないわ」

「鬼怒川のマンションの住人が、ふたりが激しく言い争っているのを何度か見ていたそうです」

「それは喧嘩は誰にもあるでしょう」

「そうですね」

京介は素直に受け止め、

「ところで、浅村勝一郎さんのことをおききしたいのですが」

「早くしてちょうだい。もう、そろそろ女の子もやって来るから」

「わかりました」

京介は続ける。

「浜尾雄一さんは浅村さんが事件を起こしたあとに電話をして、逃亡するなら自分の戸籍を使っていいと伝えたということでしたね」

「そうよ」

「浜尾さんは浅村さんの電話番号を知っていたのですね」

「ええ、知っていたわ。お店で聞いたのよ」

「その前に、新聞には重要参考人のAとしか出ていないのに浅村さんだとわかったのはどうしてでしょうか」

「さあ、想像でしょう」

「ほんとうは浅村さんか、殺された井端さんのどちらかと、浜尾さんは親しかったのではないでしょうか」

「そんなことないわ。そうだとしたら、私にも言っているはずだし」

「そうですね」

京介は首をひねり、

「浜尾さんが浅村さんの電話番号を知っていたことも気になりますが、浅村さんも浜尾さんからの戸籍を使っていいという言葉を素直に信じています。どうして、信じることが出来たのでしょうか」

「……………」

「やはり、浜尾さんと浅村さんは親しかったのではないですか」

京介は迫った。

「だったら、どうだと言うの？　どっちにしたって何も変わらないでしょう」

「いえ、親しければ、浅村さんが井端さんを殺した理由の想像がついたかもしれません。それと、浅村さんがムックリを持っていたわけも知っていたとも考えられるのです。何かそれらしいことを聞いたことはありませんか」

「さあ」

こずえは気のない返事をし、

「それより、浜尾のひき逃げ事件、いまさら蒸し返さないでもらいたいわ。せっかく、浜尾を失った悲しみから立ち直ってきたところなのよ」

と、抗議するように言った。

「浜尾さんのことを思えば、早くひき逃げの犯人を見つけてやるべきではありませんか。このままでは浜尾さんは浮かばれません」

「今になって、犯人が見つかるとは思えません」

「いえ、あなたが何もかも正直に話してくれたら」

「私は知りませんよ」

こずえが強い口調で言ったとき、扉が開いてトレンチコートを着た四十半ばぐらいの目つきの鋭い男と若い女が入ってきた。

「いらっしゃい」

こずえの目が微かに泳いだ。

男は奥のテーブルに向かった。

「悪いけど、お客さんが来たので」

「わかりました。すみませんでした」

京介が最後まで言わないうちに、こずえは客のところに行った。

スツールから下りて、扉に向かう。後頭部に視線を感じて振り向いた。男がこっちをじっと見ていた。

どこか無気味な感じがする男だった。

京介は店の外に出たが、脳裏に男の顔がまだ残っていた。

3

ホテルの部屋に戻って、京介は北海道中央新報の増野大次郎の携帯に電話をかけた。すぐに増野は電話に出た。

「昼間はありがとうございました。北方ケミカルの広田課長に会ってきました」

「どうでした？」

「いえ、手掛かりはつかめませんでした」

「それは残念でした」

「ところで、すすきのの『こずえ』というスナックをご存じではありませんよね」

「『こずえ』ですか。そこが何か」

「これは何の根拠もなくおききするのですが、暴力団に関係した人間がオーナーという
ことはないかと思いまして」

「さあ、どうでしょうか。それが何か」

「いえ、なんでも」

「鶴見さん。隠さずに話してくださいな」

「確信が持てたらお話しいたしますが、まだ持てないので」

「『こずえ』について調べてみましょうか」

「ええ、調べていただけますか」

「どうせなら、これからそこに行ってみましょうか」

「いえ、今、そこのママに話を聞いてきたところなんです」

「そのママも浅村勝一郎と関係があるのですか」

「どこまで知っているかわかりませんが……」

「そのこともまだ話せないのですね」

「すみません」

「いえ。でも、鶴見さんが関心を寄せるそのママに興味があります。これから、同僚を誘って行ってみます」

「決して、私の名を出したり、新聞記者だと悟られたりしないようにしてください」

「だいじょうぶです」

増野はそう言い、電話を切った。

京介についていけば、二十年間逃亡していた浅村勝一郎の行方がつかめるかもしれないと、増野は計算しているのだ。

それから二時間後、ベッドに横たわったとき、携帯が鳴った。

京介は起き上がって電話に出た。

「鶴見さん、今、『こずえ』から出てきました。なかなか、色っぽくて如才ないママでしたね」

「ああ、そうかもしれませんね」

「それより、客の男」

「四十半ば過ぎの目つきの鋭い男ですね」

「ええ。あの男。河田《かわだ》組の組員だった男です」

「河田組？」

「ええ、五年前に解散しましたが、村越達次《むらこしたつじ》という男です。ママが村さんと呼んでいました から間違いないです」

「河田組はなぜ解散したのですか」

「組長が病気なのと、若頭の兵藤という男が傷害事件を起こして懲役刑になったことで、組が立ち行かなくなったのでしょう。もちろん、警察の締めつけも大きかったに違いありませんが」

「兵藤ですか」

あのママが二十年前は兵藤の情婦だったことは、増野は知る由もない。

村越達次は兵藤の舎弟だったのだろう。鬼怒川に現われた札幌からの客というのは村越だったのではないか。そして、ひき逃げ事件の数日前に現われた男も村越……。

しかし、村越はどうして浜尾雄一と若宮こずえが鬼怒川にいることがわかったのか。

「もしもし」

増野が呼んでいた。

「すみません。ちょっと考え事をしていて」

「村越は兵藤の舎弟だった男です」

増野は続けた。

「これから、どうしますか」

「村越は兵藤の面会には行っているんでしょうね」

「当然、行っているはずです。兵藤が服役したからって縁が切れたわけではないでしょう。兵藤が出てくるのを待っているはずですから」

「そうでしょうね。増野さん、『こずえ』のオーナーを調べていただけませんか」

「わかりました」

「それから、これはちょっと難しいと思いますが、三年前の三月と六月、村越が札幌を離れたかどうか、どこかに旅行をしたかどうか、調べていただけませんか」

「三年前の三月と六月ですか」

「たぶん、連れがいたと思うんですが」

村越の仲間もいっしょだったはずだ。車を盗み、ひき逃げ事故を起こすには仲間がいたほうがいいはずだ。

「確か、スキンヘッドの弟分がいました。おそらく、その男でしょう。調べてみますよ」

増野の声は弾んでいた。

翌朝、札幌駅の構内を突っ切り、駅前ビルの四階にある『イバタ歯科』を訪れた。明るい色調で、待合室もサロンのような雰囲気だった。働く女性のスタッフもピンクの制服姿で、みな若かった。

電話をしてあったので、京介はすぐに応接室で、院長の井端正純《まさずみ》に会えた。長身で黒縁の眼鏡をかけている。殺された正毅の兄だ。五十歳前後のようだ。

「ずいぶん洒落《しやれ》た医院ですね」

「七年前に私が代を継いでからここに移ってきたんです」

井端は少し誇らしげに言い、

「弟のことだそうですが」

と、京介に話を促した。

「はい。重要参考人の浅村勝一郎はその後、逃亡を続けていますが、警察からは何か報告はあるのですか」

「数年前までは命日、つまり事件のあった日には刑事さんがやって来ましたが、最近はなくなりました。最後に来たとき、警察は浅村勝一郎はすでに死んでいる可能性があると話していました」

「正毅さんと浅村勝一郎は親しかったそうですね」

「ええ。仲はよかったようです」

「ふたりの間に何があったのでしょうか」

「わかりません」

井端が首を横に振った。

「正毅さんの周辺にアイヌの女性はいませんでしたか」

「アイヌ？」

「ええ、正毅さんとも浅村勝一郎とも親しい女性です」

「私の実家があったところで親父《おやじ》は開業していましたが、そのときの事務員はアイヌの女性でした。確か、今井和貴子《いまいわきこ》さんと言ったと思います。とても美しい女性でした」

「その女性は今、どこにいるかわかりませんか」

「さあ、二十年前のことですからね。父か母が覚えているかどうか。きいてみましょう」

井端は立ち上がって部屋を出ていった。

十分ほどで、戻ってきた。

「今、電話で母にきいたら、やはり名前は今井和貴子で、二十年前に辞めて、その後のことはわからないと」

「そうですか。辞めたのは、正毅さんの事件の前ですか、あとですか」

「前です」

「辞めた理由とはなんだったのでしょうか」

「ある患者の差別的な発言だったようです」

「差別？」

「ええ。その患者がアイヌの人間がいる歯医者には来たくないと受付で叫んだことがあったそうです」

「そんなことが」

京介の通っていた中学校のクラスにもアイヌの生徒はいた。だが、みな仲がよく、差別などとは無縁だった。

「辛い思いで辞めていったんでしょうね」

京介はやりきれないように言う。

「父はその患者に、そんな差別をするひとの治療は出来ない、もう来るなとどなったそうです。今井さんは辞めることはないと引き止めたのですが、迷惑がかかるからと辞めていったそうです」

井端はさらに続けた。

「父がこれからどうするのかと訊いたら、差別がなくなるように、アイヌのことをもっと知ってもらうために頑張りたいと言っていたそうです」

「アイヌのことをもっと知ってもらうためですか」

「そういう活動をするということでしょう」

「正毅さんと今井和貴子さんは親しかったのでしょうか」

「正毅は実家を出て、マンションで暮らしていましたが、よく帰ってきました。彼女がいたからでしょう」

「すると、正毅さんは今井さんがどこに行ったか知っていたかもしれませんね」

「そうですね」

「今井さんはムックリを持っていたかどうかわかりますか」

京介はさらにきいた。

「ムックリ？　口琴ですね。さあ、知りません」

ドアがノックされ、事務員の女性が顔を出した。

「そろそろお時間です」

「わかった」

京介はすぐに立ち上がり、

「お忙しいところを申し訳ありませんでした」

と礼を言い、応接室を出た。

井端正毅が親しくしていたのなら、浅村勝一郎も今井和貴子を知っていた可能性がある。彼女はかなりの美人だったらしい。西葛西の浜尾雄一が持っていたムックリは今井和貴子からもらったものではないか。

今井和貴子は二十年前に当時の『井端歯科』を辞めた。その後、どこに行ったのかわからない。

二十年前は京介は中学一年生だった。その二年後の中学三年生のとき、学校の校外授業で白老のアイヌ民族博物館に行った。その際、アイヌの民族舞踊を観た。

そこでアイヌの民族衣裳を着た女性がムックリを演奏していた。甲高く耳に響く音色とともに演奏していた女性の姿が脳裏に焼きついている。

あの女性が今井和貴子である可能性はあるだろうか。西葛西のアパートで、浜尾雄一と名乗る男からムックリを見せてもらった。

そのとき、京介はこう話したのだ。

「私はムックリを見ると、十八年前の中学三年生のときのことが思い出されるんです。ムックリを演奏していたアイヌの女性の姿がまざまざと蘇るんです。美しい女性でした。神々しくさえありました。あの女性は二十歳前後だったでしょうか。あの女性は今、どうしているんだろうって思うことがあります。今もムックリを演奏しているんでしょうか。たった一度、ムックリの演奏をしていたのを見ただけなのに、口琴の音とその女性の顔が、まだ中学生だった私の心に深く突き刺さったんです」

そのとき、浜尾と名乗った男の目は鈍く光っていた。何か心に突き刺さるものがあったのではないか。

アイヌ民族博物館は今は閉館し、新たに国立アイヌ民族博物館を含む民族共生象徴空間ウポポイという施設が出来て、二〇二〇年七月十二日に開園している。

そこに行けば、今井和貴子に会えるような気がしてきた。

京介は札幌駅から室蘭《むろらん》行きの特急に乗り込んだ。一時間ちょっとで、白老に着いた。ウポポイまで駅から歩いて十五分弱だった。広い駐車場にはたくさんの車が並んでいて、観光バスも何台も来ていた。

入場料を払い、ゲートをくぐる。ポトロ湖に沿った広大な敷地にテーマごとにエリアが分かれている。

入ってすぐのところに、国立アイヌ民族博物館の大きな建物があった。

園内マップには「先住民族アイヌを主題として、アイヌ民族の誇りが尊重される社会を目指し、多くの人にアイヌの歴史や文化を伝え、アイヌ文化を未来につなげていくことを目的とした博物館です」と記されている。

しかし博物館には入らず、京介はその先にある体験交流ホールに向かった。ここでは伝統芸能が行われている。

ユネスコ無形文化遺産に登録されているアイヌ古式舞踊をはじめ、伝統的な歌や踊り、楽器の演奏などを幅広く紹介するということだ。

もちろん、十八年前に演奏をしていた女性が登場するとは思えないが、ムックリの演奏を見るのが目的だった。

開演時間に合わせて、京介は会場に行った。工房では、ムックリの製作体験が出来るようだ。また、ムックリの演奏体験も出来る。

客席に座り、開演を待つうち、舞台にアイヌの民族衣裳を着た若い男女が現われた。整った顔だちの若いアイヌの女性を見ていて、十八年前のムックリを演奏していた女性のことが蘇った。

あの女性は今井和貴子ではなかったかという思いが強くなった。心ない差別的な発言で井端歯科を辞めた彼女は、白老にやって来たのではないか。

差別がなくなるように、アイヌのことをもっと知ってもらうために頑張りたいと言っていたというのだ。

それから二年後に、京介は今井和貴子のムックリの演奏を聴いた……。

その話をしたとき、西葛西のアパートの浜尾と名乗った男はその女性が今井和貴子だと気づいたのだ。

その男はここにやって来たのではないか。今井和貴子に会うために。

ふと響くような音が聞こえ、京介は我に返った。舞台では、ムックリの演奏がはじまっていた。

舞台が終わったあと、京介は民族衣裳を着た若い女性に声をかけた。

「恐れ入ります。私は東京から来た弁護士の鶴見と申します」

京介は身分証明書を見せて、

「今井和貴子さんという女性を探しているのです。私は十八年前に、今井さんがムックリを演奏するのを見ていました」

「どうして、そのひとをお探しなのですか」

「おききしたいことがあるんです」

「………」

「今井さんをご存じなのですね」

「いえ、知りません」

女性はあわてて言う。

「ここで働いている女性に、今井和貴子という名のひとはいないのですね」

京介は確かめるようにきいた。

「ええ。いません」

今度ははっきりと答えた。

「失礼しました」

京介は外に出た。

今の若い女性は今井和貴子の名に反応したように見えた。何か心当たりがあるような気もしたが、考えすぎか。

今度はもう少し年配の女性にきいてみようと思いながら、京介は伝統的コタンのエリアに足を向けた。

アイヌのチセという昔の家屋が再現されている場所だ。アイヌの暮しや文化について知ることが出来る。

チセに近づいたとき、背後から追いかけてくるような足音を聞いて、立ち止まって振り返った。

スーツ姿の女性が駆けてくる。自分にではないと思い、京介が先に行こうとしたとき、

「もし」

と、声をかけられた。

もう一度、京介は振り向いた。

四十前後と思える女性だ。

「すみません。ちょっとよろしいでしょうか」

「ええ」

「弁護士さんだそうですね」

「はい。鶴見と申します」

京介は名刺を差し出した。

「今井和貴子さんを探しているそうですね」

「ええ。ご存じですか」

「なぜ、探しているのですか」

京介の問いに答えず、女性はきいた。

「十八年前、中学三年生のとき、私は今井和貴子さんがムックリを演奏するのを見ていたと思うのです。それで、ここに来たついでに……」

「嘘ですね」

女性は決め付けて、問い詰めるようにきいた。

「あの男性に頼まれたのですね」

「あの男性？　誰かが今井和貴子さんを探していたのですか」

京介は胸が轟《とどろ》いた。

「そのひとに頼まれたのではないのですか」

女性は確かめる。

「いえ。違います。その男性というのは四十半ばの痩せて頬がこけている？」

「ええ、そうです」

浅村勝一郎だ。

「そうですか。じつは、私はその男性を探しているんです」

「………」

　女性は怪訝そうな顔をした。

「その男性が来たのはいつですか」

　京介は人目を避けるように湖のほうに足を向けた。

　女性も横に並んで歩きはじめる。

「五日前です」

「五日前ですか」

　京介が札幌に来る三日前のことだ。

「そのときなんとお答えに？」

「ここにはいないと」

「ここにはいない？　今井和貴子さんをご存じなのですね」

「あなたはあの男性とどのようなご関係なんですか」

「私が担当する事件の証人なんです」

「証人？」

「ええ。その男性はその後も来たのですか」

「いいえ。一度だけです」

「失礼ですが、あなたは今井和貴子さんとはお知り合いなのですか」

「………」

「昔、今井さんが歯科医院で働いていたことをご存じでは？」

「そんなことまで知っているんですか」

女性は目を見張った。

「そのころからのお知り合いですか」

「そうです」

女性は戸惑いぎみに認めた。

「では、当時の今井和貴子さんと付き合いのあった浅村勝一郎さんを知りませんか」

「浅村勝一郎……」

「いかがですか」

「一度、会ったことがあります」

「浅村勝一郎さんがその後、どうなったかご存じですか」

「ええ。ひとを殺して行方を晦ましたんですよね」

そう言ったあとで、あっと声を上げた。

「まさか、あのひと……」

女性は口を半開きにした。

「浅村勝一郎ではないかと、私が思っているだけで確証はありません」

「いえ。あの男性、誰かに似ていると思ったんです。ずいぶん痩せて、すぐには気づきませんでしたが」

女性は不安そうな顔で、

「浅村さん、彼女に会って何をするつもりなのかしら」

「ふたりは恋人同士だったのですか」

「はい、結婚すると思っていました。あんな事件がなければ……」

「浅村さんはただ、今井和貴子さんが今、どんな暮しをしているのか自分の目で確かめたかっただけだと思います」

「そうですか」

「今井和貴子さんは仕合わせに暮らしているのですか」

「はい。十年ほど前に結婚して、いまふたりのお子さんがいます」

「そのことを知れば、浅村さんも安心したでしょう」

「じゃあ、あのとき、ほんとうのことを話してあげたらよかったんですね」

「いえ。それから現われないということは、浅村さんには他にも今井和貴子さんのことを知る術《すべ》があったのではないでしょうか」

「彼女は今、札幌の……」

「いえ。それはもう結構です」

「いいんですか」

「ええ」

浅村勝一郎は今井和貴子に会いに来ていた。そのことがわかっただけでも十分だ。

京介は礼を言い、ウポポイをあとにした。

白老駅に着いたとき、携帯が鳴った。北海道中央新報の増野大次郎だった。

「鶴見さん、うちの部長の笹原《ささはら》がぜひお会いしたいと言っているんです」

「二十年前の浅村勝一郎の事件を取材した方ですね」

「そうです」

「わかりました。では、新聞社にお伺いしましょうか」

「どうせなら、食事をしながらと言っているんです」

「わかりました」

「では、サッポロビール園の中にあるジンギスカンの店に六時でいかがでしょうか」

京介は電話を切り、札幌行きの特急に乗り込んだ。

4

四時過ぎに札幌に戻った。外に出ると、辺りは暗くなりはじめている。

いったん、ホテルに戻った。

洗面所から出たとき、洲本から電話が入った。

「今、鬼怒川駅です。これから帰るところです」

「じゃあ、昨夜は？」

「温泉で一泊しました」

「そうでしたか」

「それで、浜尾雄一のひき逃げ事件を調べたんですが、ひき逃げの車は日光市内で盗まれたもののようです。で、駐車場の防犯カメラの映像に、顔はわからないのですが、スキンヘッドの男が映っていたそうです」

「スキンヘッドですって」

「ええ、その男が車を盗んだところは映っていなかったようですが、駐車場に入っていく姿は映っていて、そのあとに盗難車が出ていっており、スキンヘッドの男が戻ってくる姿は映っていないとのことです。駐車場の裏手は塀で、別の出口はないそうです」

「スキンヘッドの男が車を運転していったのに間違いないようですね」

「ええ、間違いありません」

「洲本さん。札幌の暴力団幹部は兵藤という名で、兵藤の舎弟に村越達次という男とスキンヘッドの男がいたそうです」

「じゃあ、村越とスキンヘッドの男が鬼怒川にやって来て浜尾を……」

「その可能性は十分にあります」

「しかるべきときに、警察に情報を提供したほうがいいかもしれませんね」

「ええ。ですが、その前に……」

若宮こずえの顔を脳裏に浮かべながら言い、電話を切ったあとに彼女に電話をした。

すぐに電話は繋がった。

「弁護士の鶴見です。大事なお話があるのです。明日お会い出来ないでしょうか」

「どんなこと？」

「お会いしてから」

「もう話すことはないと思うけど」

こずえは突き放すように言う。

「明日、東京に帰ります。最後に、ぜひ聞いていただきたいことがあるのです」

少し間があってから、

「わかったわ。じゃあ、十一時にこの前のホテルの喫茶店で」

「わかりました」

京介は電話を切ったあと、大きく溜め息をついた。

五時過ぎにホテルを出て、タクシーでサッポロビール園に向かった。

待ち合わせの六時まで時間があったので、サッポロビール博物館に入り見学する。明治の開拓使時代に初めてビールを販売してから現在に至るまでの歴史がよくわかる。

六時近くになって博物館を出て、赤レンガの建物に向かう。

それから十分後、レトロな雰囲気の大きなジンギスカンホールで、京介は増野と上司の笹原とテーブルをはさんで向かい合った。

「鶴見さんは札幌出身だから、ジンギスカンは好きだろうと勝手に決めてしまいました」

丸い眼鏡をかけた笹原は大きな声で言う。

「ええ、大好物です」

天井の高いホールにいくつものテーブルがあり、客で埋まっている。

ビールで乾杯したあと、ラムやマトンなどが運ばれてきた。

「うまそうだ」

笹原が喉を鳴らす。

ジンギスカン鍋の中央に肉を載せ、周囲にモヤシやタマネギ、カボチャを並べる。

焼けた肉をタレにつけて食べていると、笹原がきいた。

「鶴見さんは浅村勝一郎らしき男と会っているそうですね」

顔はにこやかだが、目は鋭く光っていた。

「ええ、ある殺人事件の被疑者の無実を証明出来る人物なんです。急に引っ越してしまったのです」

「なぜ、その男が浅村勝一郎かもしれないと思ったのですか」

「その男は浜尾雄一と名乗っていたのです。それで、浜尾雄一の知り合いではないかと思ったのです。浜尾雄一の実家は札幌だったので」

協力してもらっている手前、ある程度は話さなければならないと思ったが、へたに先走られて記事にされては困るので慎重に答えた。

「浜尾雄一は同じ二十年前に女といっしょに失踪しているのですね。その女が、すすきのの『こずえ』のママなんですね」

「ええ。でも、ママも浅村勝一郎のことは知らず、なにより肝心の浜尾雄一が三年前に交通事故死していて、手掛かりはつかめませんでした」

「鶴見さん」

笹原が身を乗り出した。

「鶴見さんはいつまで札幌にいらっしゃるのですか」

「明日帰ります」

「次はいつ札幌に？」

「いえ、しばらくは無理です」

「そうですか」

笹原はグラスを口に運び、残りを呑み干した。

「ビールのお代わりをしましょう」

増野が通りかかった従業員を呼び止めて注文した。

笹原は肉をほおばり、ビールが届くと、

「どうでしょう、鶴見さんにやり残したことがあれば、我々にやらせてもらえませんか」

と、切り出した。

「ありがとうございます。でも、もう調べることもありません。じつは、今の私には浅村勝一郎を探し出しても意味がないのです」

京介は被疑者の弁護人を解任されたことを話した。

「ですから今回の調査も自腹を切ってやっているだけでして……」

「浜尾雄一は鬼怒川でひき逃げに遭ったそうですね」

どうやら、独自に調べたらしい。

「ええ」

「鶴見さんは、この増野に兵藤の舎弟の村越が三年前に札幌を離れていないか調べるように頼みましたね。それって、ひき逃げと関係があるんじゃないですか」

「いえ、証拠はありませんから」

「そうですか。じつは増野に鬼怒川に行ってもらおうと思っているんです」

「………」

「鶴見さんが持っている情報を教えていただけると助かるのですが」

「私が知っているのは、みなあやふやなものばかりです」

「我々で裏をとります」

「肉の追加をしませんか」

増野が口をはさむ。

「そうだな。鶴見さん、何がいいですか」

笹原がメニューを見せた。

「いえ、お任せいたします」

「そうですか」

やはりこんな話になったかと、京介は気づかれないように溜め息をついたが、新聞記者なら当然かもしれないと思い直した。

その後も肉の追加をして味わい、だいぶ腹が満たされてきた。

「食ったな」

と笹原はグラスを口に運んだ。笹原も増野もかなり呑んでいた。

「さあ、行きますか」

笹原が立ち上がった。

京介は財布を出した。

「いえ、鶴見さんは結構です」

「いえ、割り勘でお願いします」

京介は譲らなかった。

「わかりました。では、もう一軒行きませんか」

笹原が誘った。

「でも」

「今日が札幌の最後の夜でしょう。行きましょう」

「部長、どこに行きます?」

「『こずえ』にしよう」

京介は思わずふたりの顔を交互に見た。

「行きましょう」

笹原は強引に誘う。

ふたりが若宮こずえに対してよけいなことを言わないか、気になったが、京介は丁寧に断った。

「申し訳ありません。少し疲れたようなので」

「そうですか。仕方ありません」

笹原は残念そうに言ったあとで、

「そうそう、君、あの件は伝えたのか」

と、増野にきいた。

「いえ、まだ。確証はとれていないので」

「いや、間違いない」

笹原は言い切った。

「何のことでしょうか」

「『こずえ』のオーナーです」

増野が言うと、すかさず笹原が口を開いた。

「オーナーは北斗国建設《ほくとこく》という会社の植木《うえき》という社長です。この植木、河田組にいた男で、兵藤と親しい間柄なんです」

「河田組をやめたあと、兵藤と繋がっていたかどうかがわからないんです」

「繋がっているに決まっている」

笹原はまた決め付けた。

外に出て、タクシー乗り場に向かった。

先にタクシーに乗り込んだ京介をふたりは見送ってくれた。

翌日の午前十一時前に若宮こずえとの待ち合わせのホテルに向かう途中、携帯が鳴った。電話帳に登録されていない番号だ。

「もしもし」

「鶴見先生ですか」

女性の声が聞こえた。

「はい。鶴見です」

「私、島野《しまの》和貴子と申します。旧姓は今井です」

「今井さん……」

耳を疑った。

「ほんとうに今井和貴子さんなのですね」

「はい」

「失礼しました。まさか、お電話をいただけるとは思ってもいなかったので」

京介は正直に言った。

「鶴見先生が私を探しているとお聞きしてお電話を差し上げました」

ウポポイで会った女性が連絡をしてくれたようだ。

「私もお訊ねしたいことがあります。今日お会いできますでしょうか」

彼女のほうから申し出た。

「もちろんです。ただ、私は十六時発の飛行機で東京に帰る予定なんです」

「では、二時に札幌駅の近くでいかがでしょうか」

「今井さん、いえ島野さんはお住まいはどちらですか」

「北広島です」

「時計台の近くにあるホテルの喫茶室では？」

京介はこれから行くホテルの名を告げた。

「わかりました」

今井和貴子はホテルの名を復唱してから電話を切った。

京介は改めてこずえとの待ち合わせのホテルに足を向けた。

5

ホテルのロビーで若宮こずえといっしょになった。どこか表情が硬いのは、京介の用件に想像がついているからか。

一昨日《おととい》と同じ席についた。

飲み物を頼んでから、こずえが耐えきれないように口を開いた。

「話ってなんですか」

「浜尾雄一さんのひき逃げ事件についてです」

「それがどうかして？」

「あなたは、三年前に鬼怒川のスナックに札幌からやって来たお客さんから、暴力団の幹部が事件を起こして服役していると聞いたということですね。兵藤のことだとすぐわかったそうですね」

「そうよ。兵藤が刑務所に入っているとわかってほっとしたわ」

「それから三カ月後に、浜尾さんはひき逃げに遭ったんですね」

「そんな話をするために私を呼び出したの？」

こずえは口元を歪《ゆが》めた。

「ひき逃げの車は日光で盗まれたものだそうですね」

「ええ、そう聞いているわ」

「防犯カメラにスキンヘッドの男が映っていたということですね」

「そうらしいわ」

「そのスキンヘッドの男に心当たりはありませんか」

「ありません」

こずえはきっぱりと言った。

飲み物が運ばれてきて話は中断したが、ウエイターが去ると、京介は口を開いた。

「兵藤の舎弟の、村越という男をご存じですね」

「………」

「二十年前、あなたと浜尾さんを探し回っていたのが村越ですね」

こずえは細い眉根を寄せた。

「私が一昨日、お店に伺ったとき、目つきの鋭い五十歳近い男が同伴でやって来ましたね。村越ですね」

こずえは表情を強張らせた。

「村越の弟分にスキンヘッドの男がいますね」

「何のことかわからないわ」

「三年前に鬼怒川のスナックに札幌からやって来た客というのが村越ではないかと思っています。いかがですか」

「違いますよ」

「村越だとすると、わからないことがあります。どうして、村越にあなた方が鬼怒川にいることがわかったのか」

「………」

「偶然だとは思えません。あなたが報《しら》せたのではありませんか」

「何をばかなことを」

　こずえは落ち着きをなくした。

「あなたは最後のほうは浜尾さんと喧嘩が絶えなかったのではありませんか。あなたは十五年を越える逃亡生活にうんざりしていたのではありませんか。それは浜尾さんも同じ。だから、ふたりは衝突することが多くなった」

「勝手な憶測はやめてちょうだい」

「勝手な憶測を続けさせていただきます。あなたは浜尾さんと別れ、札幌に戻りたくなったのではないですか」

「………」

「わからないのは、兵藤が刑務所に入ったことを知った上でのことなのか。だとしたら、どうしてそれを知ったのか」

　京介は息を継ぎ、

「たまたま、鬼怒川のスナックに札幌からやって来たお客さんがいて、そのひとが兵藤が服役したことを知っていたなどという偶然は考えられません」

　こずえの顔を見据え、

「ひとつ考えられるのは、あなたが札幌の誰かに連絡をとったということです。『ハッピー』時代の友達かもしれません」

「たいした想像力ね」

こずえは口元を歪め、

「弁護士さんって、善良な市民を罪に陥れることもするのかしら」

「若宮さんはどうしてあのお店を任されたのですか」

こずえの言葉を聞き流して、京介はきいた。

「オーナーは昔の知り合いだったのよ」

「オーナーはどなたなのですか」

「そんなこと、お話し出来ません」

「なぜ、ですか」

「オーナーは堅い商売をしているお方なので、水商売をしていることを知られたくないのです」

「北斗国建設という会社の植木社長とお聞きしたのですが」

「………」

「どうなのですか」

「調べたのね」

「この植木社長、河田組にいたそうですね。そして、兵藤とも親しかった」

「……」

「若宮さん。浜尾雄一さんの死は単なる交通事故死ではない。ひき逃げ事件でもない。殺しです」

「冗談はやめて」

「鬼怒川の警察が動き出すようです」

こずえははっとして顔色を変えた。

「それだけじゃありません。北海道中央新報の記者も取材をはじめています」

「あなたが突っついたのね」

こずえが声を震わせた。

「浜尾雄一さんは殺されたかもしれないんですよ。二十年前にいっしょに逃げ、十五年以上も苦楽を共にしてきた恋人が不審な死を遂げているのです。あなたがどこまで関わっているのかわかりません。ですが、浜尾雄一さんの死に疑問があるのに、あなたは口を閉ざしたままで平気なのですか」

京介はこずえの目をしっかりと見すえて言った。

「浜尾雄一さんはすべて捨てて、あなたのために札幌からいっしょに逃げたのです。捕まれば、兵藤に殺されるかもしれない危険を冒したのです。二十年前は愛し合った仲ではありませんか」

「…………」

「若宮さん、あなたは二年前に札幌に戻ってから、浜尾雄一さんのお墓にお参りしたことがあるのですか」

こずえは無言だった。

「どうか二十年前のことを思い出してみてください」

京介はすっかり冷めてしまったコーヒーに初めて口をつけた。そして、いっきに飲み干し、

「これで失礼します。夕方四時の飛行機で東京に帰ります。もうお会いすることはないと思いますが、どうかもう一度、ご自分を見つめ直して、これからとるべき道を……」

「昔の彼ではなくなっていたの」

いきなり、こずえが口を開いた。

「各地を転々とし、常に怯えたような生活を続けているうちに、だんだん彼も私も心が病んでいったわ。最初のころは好きなひととといっしょならどんな苦労にも耐えられると思っていたけど、十年も経ったころから彼は変わっていったわ」

こずえは悲しそうな顔をし、

「彼も札幌に帰りたかったのよ。あるとき、こう言ったわ。おまえと札幌を出たことを

後悔しているって。それからのふたりはもう生きる屍《しかばね》。私はこのままじゃしょうがない。このひとと別れて、兵藤のもとに帰ろう。許しを乞おうと思い、思いきって『ハッピー』のときの同輩に電話をして兵藤のことをきいたの。そしたら、傷害事件を起こして服役しているって。その同輩が村越に報せて、私のところに村越から電話があったわ。だから、村越が鬼怒川に来たの」

「あなたが呼んだわけですね」

「ええ。村越に相談したわ。浜尾と別れるから札幌に帰りたいって。村越は札幌に戻って兵藤に面会に行き、私の気持ちを話したら許してくれるって。でも、浜尾は許さないって……」

「ひき逃げが村越らの仕業だと知っていたんですか」

「あとで知ったわ。そこまでやるとは思わなかった」

「ひき逃げに遭ったとき、浜尾さんはかなり酔っていたのではありませんか」

「あのころは毎晩よ。酒を呑まずにはいられなかったようで」

「浜尾さんの死から半年後に、札幌に戻ったのですね」

「ほんとうは一カ月後には札幌に戻っていたわ」

「実家ですか」

「私は十代のときに家出し、帰る場所もないわ。親は離婚し、それぞれ再婚して子どもがいるわ。私はよけいな存在」

「そうだったのですか」

「半年後に札幌に帰ったというのはすすきののことよ。私が帰るところはすすきの」

こずえは自嘲ぎみに笑った。

「若宮さん。どうか、警察に自首してください。捜査が再開される前に」

「結局、仕合わせを摑めなかった」

こずえは深い溜め息をついた。

「若宮さん。あなたは殺しには直接関わっていないのです。だから、十分にやり直しはききます」

「自首はしないわ」

「えっ？」

「自首すれば村越さんたちも捕まる。私のせいでそこまでしたくない。警察の捜査に従うわ。それなら、村越さんたちも諦めがつくでしょう」

「そうですか」

もはや、こずえ自身がどうするかの問題だ。

「鶴見さん。ありがとう」

「…………」

「これで、私もやっと楽になれそう。だって、ずっと浜尾のことが頭から離れなかったんですもの」

こずえは儚《はかな》い笑みを浮かべた。

ホテルを出てから、昼食をとって、二時前に再び同じホテルの喫茶室に入った。

席についたとき、入口にスレンダーな女性が現われた。京介は思わず立ち上がった。十八年前にムックリを演奏していた女性だとすぐにわかった。その女性は立っている鶴見に気づいて近づいてきた。

「今井和貴子さんですね」

「はい」

「鶴見です」

京介は名刺を差し出し、

「どうぞ」

と、座るように勧めた。

くりっとした大きな目に彫りの深い顔だち。四十代にはなっているだろうが、到底そうは見えなかった。

「鶴見さん。私を探していた理由は浅村勝一郎さんのことを知るためなのですね」

「はい。浅村勝一郎さんはあなたの前に現われたのですか」

「私がベランダで洗濯物を干しているとき、路地の角からじっとこっちを見ている男のひとに気づきました。私ははっとし、すぐ家を飛び出していきましたが、もうすでに姿はありませんでした」

「あなたはすぐに浅村さんだとわかったのですか」

「ずいぶん痩せて……。あれから二十年で風貌は変わりましたが、勝一郎さんだと思いました。それに、郵便受けにこれが」

和貴子はバッグからハンカチの包みを取り出した。

「これは浅村さんが持っていたムックリですね」

西葛西のアパートで見せてもらったものだ。

「これ、二十年前に勝一郎さんに請われて、私が差し上げたんです。私が子どものころから使っていたものです。その次の日、浅村さんはどこかに行ってしまいました」

「では、井端さん殺しの疑いがかかっていたときに？」

「そうです。別れを言いにきたんです」

「二十年前、浅村さんと井端さんの間に何があったのでしょうか」

「わかりません」

和貴子は辛そうな顔で言う。

「あなたと浅村さんは恋人同士だったのですね」

「ええ、結婚も考えていました。そんな矢先にあんなことが……」

浅村勝一郎が井端正毅を殺したことだ。

「なぜ、浅村さんがあんなことをしたのか、想像もつきませんか」

「………」

「あなたは井端歯科で働いていたそうですね」

「ええ。二年間、働きました」

「でも、患者の心ない一言で、医院を去ることに」

「はい。私は小学校、中学校、高校と、アイヌということで差別されたことはなかったんです。だから、ショックでした」

「ご両親もアイヌの方ですか」

「そうです」

「では、子どものころからアイヌだと知っていたんですね」

「ええ。ですから、アイヌの古式舞踊を習ったり、ムックリを演奏したりしていました」

「そうだったのですか」

「井端歯科を辞めたあと、私はアイヌのことを多くのひとに知ってもらおうという思いから白老に行ったんです」

「私は中学三年生のとき、あなたのムックリの演奏を聴いているんです」

「まあ」

和貴子は目を見張った。

「井端歯科を辞めたあとも、浅村さんや井端正毅さんとのお付き合いは続いたのですね」

「はい」

「井端さんもあなたに好意を持っていたようですね」

「ええ」

「井端さんもあなたとの結婚を考えていたのではないでしょうか。ところが、あなたの気持ちは浅村さんに向かっていた」

「…………」

和貴子は苦しそうに顔を歪めた。

「でも、あなたとのことが理由なら、逆でしょうね。井端さんが嫉妬から浅村さんを殺すならわかりますが」

「ええ……」

和貴子はふと顔を上げ、

「鶴見先生はどうして勝一郎さんのことを？」

「浅村さんは私が弁護を担当していた被疑者のアリバイを証明出来る立場にいるんです。でも、いきなり姿を晦ましてしまって」

京介は経緯を話した。

「でも、浅村さんはこのムックリを大事に持っていた。十八年前にムックリの演奏を見たという私の話に、明らかに動揺していたのです。行方がわからなくなったとき、きっとムックリの女性に会いに行く。そう思いました」

「私は勝一郎さんがいなくなって十年後に今の主人と出会って結婚しました。主人はアイヌではありませんが、アイヌの文化を広く知ってもらいたいという私の気持ちを理解してくれています。子どももふたり、小学一年と保育園児です」

和貴子は身を乗り出し、

「もし、勝一郎さんに会われることがあったら、こうお伝えしてもらえますか。いい夫と可愛《かわい》い子どもたちに恵まれ、私は今とても仕合わせに暮らしている。でも、あなたのことを一度たりとも忘れたことはないと。これからは、このムックリをあなただと思って大事にしていきます……」

和貴子は涙ぐんだ。浅村勝一郎を愛していたのだと思った。

「わかりました。必ず、お伝えいたします」

京介は約束した。

京介は札幌駅から特急で新千歳空港に向かった。

保安検査場を出て、羽田行きの搭乗ゲートに着いてから、北海道中央新報の増野に電話をした。

「鶴見です。いろいろお世話になりました。これから東京に戻ります」

「そうですか。お名残惜しいですが」

「増野さん。村越とスキンヘッドの男に注意を向けておいてください。いずれ、鬼怒川の警察が動き出すと思われます」

「わかりました」

増野は緊張した声を出した。

「それから、井端正毅殺しで二十年間逃走を続けていた浅村勝一郎が、自首してくるかもしれません」

「ほんとうですか」

「札幌中央署にも注意を向けてください」

「わかりました」

「では、搭乗案内のアナウンスが流れましたので」

京介は電話を切った。

三十分後、京介を乗せた飛行機は新千歳空港から羽田に向けて飛び立った。実家にも寄らず、親しい友人にも帰ったことを告げぬままの札幌滞在だった。

第四章　身代わり

1

札幌から帰った翌日の二十二日、調査員の洲本が事務所にやって来た。

執務室の応接セットで向かい合った。

「鬼怒川の警察も動き出しました。三年前のひき逃げ事件があった前後の近隣の宿泊施設の客を調べ、その結果、日光市内のホテルに村越達次がスキンヘッドの男といっしょに泊まっていたことがわかったということです。今日にも、捜査員が若宮こずえと村越達次から話を聞くために札幌に行くと思います」

こずえはやって来た捜査員に正直に答えるはずだ。

「これで、浜尾雄一さんも少しは浮かばれるでしょう」

京介はしみじみ言う。

「浜尾雄一になりすましていた西葛西のアパートの男はひとを殺して逃げていたそうで

すね」

「ええ、浅村勝一郎です」

「逃亡犯なら証言などというよけいなことに首を突っ込みたくないでしょうね」

「ええ。でも、浅村は西葛西のアパートを出て、札幌に行っていました」

「なぜ、ですか」

「逃亡生活に別れを告げるためです」

京介は札幌での出来事を語った。

「そうですか。浅村勝一郎も逃げていなければ、懲役刑でも二十年にも満たなかったはずですから、今ごろは出所して第二の人生を歩めていたでしょうに」

「そうですね」

「で、浅村勝一郎は自首するとお考えですね」

「ええ。その前に、アリバイの証言をしてくれると思っています」

浅村勝一郎はここにやって来る。京介はそう信じていた。


二日後。夕方の陽《ひ》が落ち、辺りは薄暗くなってきた。京介は窓辺に立って、つい溜め息を漏らした。

浅村勝一郎は必ずやって来る。そう期待をしたが、今日も来なかった。

ひょっとしてと思い、葛西中央署の重森警部補に電話で訊ねたが、浅村は現われていなかった。

浅村勝一郎が今井和貴子の前に姿を見せてから数日経つ。とっくに東京に戻っているはずだが……。

机に戻ろうとしたとき、茶の中折れ帽をかぶった痩せた男がこのビルに近づいてくるのが目に入った。

中折れ帽の男はこのビルに入った。顔はわからない。男がエレベーターに乗り、この階で降りる姿を想像した。そして、この事務所までやって来る。そうなら、もうドアが開いてもいいころだ。

違ったか、と京介は落胆したが、それでも諦めきれず、京介は入口に向かった。受付にいる事務員が不思議そうに顔を向けた。京介はドアを開けた。そして、目を見開いた。

「あなたは……」

西葛西のアパートで顔を合わせた男が立っていた。

「浅村勝一郎さんですね」

男は、一瞬驚いたようだったが、すぐに頷いた。

「お待ちしていました。どうぞ、お入りください」

京介は浅村を執務室に招じ、応接セットのソファーを勧める。

「よくお越しくださいました」

京介はもう一度言った。

「私が来ることがわかっていたのですか」

浅村は怪訝そうにきいた。

「ええ、きっと来てくださると信じていました」

「なぜ？」

「あなたが今井和貴子さんにムックリを返したと知って、あなたは名乗り出る気だと思いました」

「どうして、そのことを……」

浅村は驚いたようにきいた。

「今井さんとお会いしたからです」

「…………」

浅村は啞然とした。

「今井さんのほうから連絡をくれました」

京介は札幌でのことを話した。

「そうでしたか」

「あなたが西葛西のアパートからいなくなったあと、浜尾雄一さんの戸籍を手掛かりに、私も札幌に行ったのです。二十年前に札幌で起きた事件を調べ、浅村勝一郎というひとが井端正毅さんを殺して逃亡していることを知ったのです。そして、井端歯科に事務員として働いていた今井和貴子というアイヌの女性がいたこともわかりました」

「そこまでして……」

「あなたはこの事件を起こしたからアリバイの証言が出来なかったのですね」

「そうです。警察に調べられたら、私が浜尾雄一ではないことがすぐにわかってしまうと思ったんです」

「あなたは二十年間、浜尾雄一として生きてきた。これからも、そうするつもりだったのですか」

「いいえ、いつか年貢の納め時が来ると思っていました。鶴見先生が現われたとき、ついにそのときが来たのだと思いました」

「では、なぜ、姿を消したのですか」

「鶴見先生の言葉で無性に今井さんに会いたくなったのです。でも、会うことは出来ない。せめて、彼女がどんな暮しをしているのか、仕合わせなのか、この目で確かめたいと思ったんです」

「いかがでしたか」

「仕合わせそうでした。安心しました。これで、自首出来ると」

「井端さんは今井さんに好意を抱いていたようですね。ですが、あなたと今井さんは恋人同士だった」

「…………」

「なぜ、今井さんという方がありながら、あんなばかな真似《まね》をしたのですか。井端さんを殺したのですか」

京介は鋭くきいた。

「真相を話してもわかってもらえません」

浅村は厳しい顔で言う。

「わかってもらえるかどうか、話さなければはじまりません。お話しくださいませんか」

「…………」

「動機として、嫉妬から井端さんがあなたを殺そうとしたと考えるほうが、説明がつきます」

浅村の目が鈍く光った。

「そうなのですか。襲われて、抵抗していて反対に井端さんを殺してしまった。そういうことでは？」

「いえ、井端さんにひとを殺せるような冷酷さはありません」

「………」

「井端さんは私に刃物を持たせて、わざと私に体をぶつけてきたんです」

「詳しく話してくださいますか」

「ええ。あの日、井端さんから話があると、彼の部屋に呼び出されたのです」

浅村は思い出すように語りはじめた。

「彼の顔を見て、驚きました。あまりよく寝ていないのか、目の下に隈《くま》が出来、目が充血していました。想像どおり、今井さんのことでした」

浅村は息継ぎをし、

「井端さんは医者の家に生まれたエリートでした。二十五歳まで挫折を知らずに育った男です。今井さんに振られたことも、今井さんが私と愛し合っていることも受け入れられなかったのです。思い詰めて、あんな方法を……」

「あんな方法？」

「和貴子さんはおまえに渡さないと言って、用意していた刃物を突き付けてきたんです。私は驚いて立ちすくんでしまいました」

井端は刃物を持ち替え、刃先を自分に向けて浅村に突進してきた。体がぶつかったあと、井端がくずおれた。浅村は井端を抱き起こし、刃物を取り上げようと柄を握った。

その瞬間、井端は倒れかかるように浅村に覆い被《かぶ》さった。刃は井端の腹部に深々と突き刺さった。

「井端さんは自分で刺したというのですか」

「はい。私に殺されたような状況を造って自殺を図ったのです。私と今井さんの結婚を阻止するために」

「警察に事情を説明したのですか」

「いえ、それを説明するには今井さんのことを話さなければなりません。彼女をめぐっての惨劇だと知られたくなかったのです。自分のためにひとが死んだことを知ったら、彼女がどんなに傷つくかと思うと……」

浅村はさらに続ける。

「殺しにしたら不自然な傷だとか、警察の調べでわかるのではないかと思ったのですが、任意で事情聴取を受けていて、警察は私が井端さんを本気で刺したと思い込んでいるのだと思った瞬間、もう警察は敵だと思って……」

「それで逃げたのですか」

「そうです」

「最後に、今井さんに会って、そのとき、ムックリをもらったのですね」

「ええ」

「そのとき、今井さんはどんな思いだったのでしょう。今井さんの気持ちを思いやることは出来なかったのですか」

「自分のために井端さんが死んだという心の負担を与えたくなかったのです」

「あなたを失うという悲しみよりもですか」

「警察は私の言うことなど信じようとしなかった」

浅村はやりきれないように言い、

「もし、私が捕まったら十年以上は刑務所から出られないでしょう。その間、彼女は私を待ち続ける。貴重な時間を奪ってしまうんです」

「今井さんが結婚されたのはそれから十年後だそうです。十年間、あなたを待ち続けていたんです」

「………」

「今井さんから、あなたに会うことがあったら伝えて欲しいという伝言を預かっています」

「伝言？」

「ええ。いい夫と可愛い子どもたちに恵まれ、私は今とても仕合わせに暮らしている。でも、あなたのことを一度たりとも忘れたことはないと。これからは、このムックリをあなただと思って大事にしていきます……」

うっと、浅村は嗚咽《おえつ》を漏らした。

「浅村さん」

京介は浅村が落ち着くのを待って、

「有原和樹さんと会ったことを証言していただけますね」

「証言します。十月二十二日の夜、私は確かに相席の男性とムックリの話をしました。十一時前に私が引き上げるとき、そのひとはまだいました」

「さっそく警察署に行っていただけますか」

有原和樹はまだ起訴されていない。浅村の証言で無実が証明されれば、嫌疑なしで不起訴処分になるだろう。

京介は重森警部補に電話を入れ、事情を説明してこれから伺うと伝えた。

しかし、京介の見通しは甘かった。

夜になってふたりは葛西中央署を訪れたが、重森警部補は突き放すように言った。

「浅村さんの証言が正しいという保証はありますか」

「浅村さんが嘘をついていると?」

思わずきき返した。

「そうは申しませんが、信憑性《しんぴょうせい》に欠けます。事件発生直後ならともかく、一カ月以上も経過しています。記憶違いもありましょう」

「ですから、浅村さんにはすぐに名乗り出られない事情があったのです」

「その件については、先ほど札幌中央署に確認をとりました。明日の昼前までに捜査員がここにやって来ることになっています」

「浅村さんは自分が不利になることを承知で証言してくれるのです」

「電話をいただいたあとで、有原和樹に確かめました。呑み屋で相席になったという男性が見つかったと。しかし、有原は呑み屋を一時間で引き上げたと答えています。つまり、犯行時には呑み屋にいなかったと、本人が認めているんです」

「有原和樹は無実の罪をかぶろうとしているんです」

「なぜですか」

「自暴自棄になっているのかもしれません」

「鶴見先生は今は有原和樹の弁護人ではないのですよね」

「ええ」

「それなのに、なぜ、そこまで関わるのですか」

「もともと、有原和樹の弁護人だったからです。無実のひとを、弁護人でなくなったからとはいえ見放すことが出来ないのです」

京介は身を乗り出し、

「有原和樹はあるときを境に、生きる気力を失ってしまったのです。だから、やってもいない罪を……」

「なぜ、生きる気力をなくしたのです？　自分が実際に奥さんを殺しているからではありませんか」

重森警部補は落ち着いた声で言う。

有原和樹に会えないのが辛かった。会って、説き伏せたかった。

「ともかく、明日、札幌から捜査員が来ます。このひとがほんとうに浅村勝一郎かどうかわかるでしょう。まあ、ほんとうに浅村勝一郎だったとしても、アリバイの証言が真実かどうかは別です」

「私はほんとうのことを話しています」

浅村が訴える。

「残念ながら、真実という保証がありません。検事さんを納得させることは難しいでしょう」

重森警部補は冷たく言った。

京介は唇を噛んだ。

アリバイ証人が現われれば、和樹も正気を取り戻し、無実を主張するのではないかという計算が狂った。

いくら浅村が和樹といっしょだったと証言しても、肝心の本人が否定しているのだ。引き上げざるを得なかった。

「浅村さん、帰りましょう」

「ちょっとお待ちください」

重森警部補は厳しい顔で、

「浅村さん、あなたは留まっていただけますか」

と、浅村を引き止める。

「どうしてですか」

京介は異を唱えた。

「どうしてって……。自首してきたのですから、身柄を確保するのは当然です」

「アリバイの主張に信憑性がないなら、このひとが浅村勝一郎かどうか、二十年前の事件に関係しているかどうかもわからないんじゃありませんか。このひとが嘘をついているかもしれないと思わないのですか」

「それとこれとは……」

「違うとは思いません」

「明日、札幌から捜査員が来ます」

「私も立ち会います。浅村さんの主張を信じない警察に何を言っても無駄です。浅村さん、引き上げましょう」

京介は浅村に声をかけ、重森警部補の鋭い視線を後頭部に感じながらエレベーターに向かった。


葛西中央署を出て、京介は西葛西にある呑み屋『酒政』に浅村を誘った。

浅村と和樹が座ったテーブルがちょうど空いたので、ふたりはその席についた。

ビールと焼き鳥の盛り合わせを頼んだ。

「私が早く名乗り出ていれば……」

「いえ。有原さんが生きる気力をなくしてしまったのです。あなたが有原さんのアリバイを証言しても、有原さんが罪を認めたままではどうしようもありません」

京介は和樹の顔を思い浮かべる。

ビールが届いた。

「あのとき、有原さんがムックリではないかと声をかけてきたんです。少し言葉を交わしました。まさか、あの間に奥さんが殺されていようとは」

浅村は苦そうにビールを口にした。

「明日、札幌から捜査員がやって来ますが、私も弁護人として立ち会います」

「…………」

「井端さんの仕組んだことだと訴えます」

「でも、私には弁護料を払うお金はありません」

「そんなこと、気にしなくて結構です。有原さんについても、弁護人を解任されても勝手に動いているのですから」

京介は苦笑した。

「なぜ、ですか」

「私の力で救うことが出来るのなら手助けしたい。それだけのことです」

「…………」

浅村は遠くを見るように目を細めた。

「どうかしましたか」

「二十年前、鶴見先生のようなひとが近くにいてくれたらと思って」

「浅村さん。この二十年を無駄だと思わなくていいんじゃないですか。あなたは愛するひとを守ったんです。確かに十年間は今井和貴子さんも苦しい時を過ごされたかもしれません。でも、あなたが守ってあげたからこそ、今は仕合わせな家庭を築けたのだと思います」

二十年前、浅村が逮捕されたら、今井和貴子は出所をずっと待っていたかもしれない。十数年の懲役を終え、出所した浅村と結婚して仕合わせを得られたろうか。どんな仕事をして、彼女を守っていけたろうか。

「ありがとうございます。その言葉で救われたような気がします。決して意味のない二十年ではなかった……」

浅村は自分に言い聞かせるように言い、

「これから何年刑務所暮しが続くかもわかりませんが、彼女は私のことを忘れずにいてくれる。そう思うだけで、耐えていけそうです」

「ひとつきいていいですか」

京介は思い出してきいた。

「あなたは札幌から帰って私の事務所にやって来るまで、数日間を要しました。まだ、迷いがあったのですか」

「いえ。広島に行っていました。私の事件のあと、家族は親戚のいる広島に戻ったというので。すでに、両親は死んでいましたが、お墓参りをしてきました」

浅村はしんみり言った。

「遅くなりました」

従業員が焼き鳥の盛り合わせを持ってきた。

「あっ、あなたは弁護士さん」

従業員は京介の顔を見、それから浅村に目を向けた。

「あのときの……」

と、思い出したようだ。

「この方を覚えていましたか」

京介はきいた。

「はい、竹のおもちゃのようなものを持っていたお客さんですよね。顔を見て、思い出しました。弁護士さんにきかれたときは全然頭に浮かばなかったんですが」

「じゃあ、相席のひとも顔を見れば思い出すかもしれませんね」

「ええ。思い出せそうです」

そう言い、従業員は去っていった。

有原和樹が嘘の自白を翻さない限り、せっかくの証言も生かされなかった。

「皮肉なものです」

京介は嘆いた。

しばらくして店を出た。

山谷《さんや》の安宿に泊まるという浅村と別れ、京介も帰途についた。

2

翌日の昼過ぎに、京介は浅村を伴い、葛西中央署に出向いた。

道警の警部補と札幌中央署の年配の刑事が会議室で待っていた。

「いかがですか、小林さん」

重森警部補が年配の刑事にきいた。

小林刑事はしばらく浅村を見つめていたが、

「間違いありません」

と答え、

「私を覚えているか」

と浅村にきいた。

「ええ、覚えています。事情聴取された刑事さんです」

「二十年振りだ。会いたかった」

小林刑事はしみじみと言った。

「私は浅村さんの弁護人の鶴見です。この場に立ち会わせていただきます」

京介は口をはさんだ。

「浅村さんに話をきく前に、私から確認をさせていただいてよろしいでしょうか」

「なんでしょう」

小林刑事は警戒するようにきいた。

「井端正毅殺しの件で、浅村さんに任意の事情聴取を続けていたようですが、逮捕に踏み切れなかったのはなぜでしょうか」

「被害者の傷が不自然だったのです。腹部の傷は刃物が水平に刺さってできたものでした。刃物を普通に握ると、刃は垂直になるのではないかと。もっとも、そのときの状況によりましょうが」

「その傷からだと、被害者が自分で刺したという解釈も出来るということですね」

「まあ、そうです。ただ、一番大きかったのは、浅村勝一郎に被害者を殺さねばならない理由が見つからなかったことです。だから、事情聴取では動機を中心にきいていたのです。しかし、浅村勝一郎は殺していないの一点張りで」

「浅村さんに恋人がいたことをご存じでしたか」

「もちろん調べています。ですから、よけいに動機がわからなかった」

「被害者の井端正毅さんも、同じ女性に好意を抱いていたことをご存じでしたか」

「ええ、知ってました」

「被害者は失恋したのです。嫉妬に燃えた被害者のほうが殺意を抱いたとしても不思議ではないと思います」

「…………」

「もうよろしいですか」

道警の警部補が横合いから口を出した。

「失礼しました」

京介は素直に下がった。

「これから、浅村勝一郎を札幌に連れて帰ります」

「浅村さんは、こっちで起きた殺人事件の被疑者のアリバイを証明できる立場にあるのです。もし、裁判に証人として呼ばれたときには、ご配慮いただけるでしょうか」

「証人？」

道警の警部補は重森警部補に顔を向けた。

「いちおう本人はそう言っていますが、信憑性に問題があります。というのも、すでに被疑者が罪を認めていますので」

重森警部補が答える。

「被疑者が罪を認めていても、誰かをかばっていたり、絶望から自暴自棄になっていたりする場合もあります。ですから、浅村さんは貴重な証人なのです。なにより、浅村さんは自らの立場を悪くすると承知の上で、証言をしてくれることになったのです。どうか、このことをお含みおきを」

京介は念を押した。

「わかりました」

警部補が大きく答える。

「浅村さん」

京介は声をかけた。

「ほんとうのことを言うのです。今井さんの名を出しても、もうだいじょうぶだと思いますから」

「はい」

「では、お元気で」

「お世話になりました」

浅村は深々と頭を下げた。


夕方、別件の打ち合わせを終え、依頼人が帰ったあと、ふと浅村勝一郎のことに思いを馳《は》せた。もう札幌に着いただろうか。

窓辺に立ち、外を眺める。十一月も下旬に入り、さらに日が短くなった。

もうヘッドライトをつけた車も走っている。思いは浅村勝一郎から有原和樹に向いた。

なぜ、和樹は自白をしたのか。改めてその理由を考えた。やはり、絶望から自暴自棄になっているのか。

和樹とのやりとりを思い出す。

「最近、恵利の夢をよく見るんです。まだ、関係が悪くなる前の恵利が枕元に現われるのです。不思議です。関係が悪くなってからの恵利は出てきません。恵利がひとりで寂しいって」

「………」

「恵利をひとりにしていては可哀そうなんです」

「それとあなたが罪をかぶることとは関係ありません」

「恵利が流産したあと、私は恵利を責めました。自分では何を言ったか覚えていませんが、酷いことを言ったのだと思います。恵利を追い込んでいったのは私だったと、今になって気づいたんです」

和樹は恵利を不倫に走らせたのは自分だと言う。その罪の意識が偽りの自白をさせたのか。

しかし、恵利が不倫をはじめて二年間、和樹は妻の裏切りに苦しんできたのだ。死んだからといって、裏切りを許せるのか。

それに、九月初め、妻の恵利は警察にＤＶの相談に行っていた。和樹はＤＶなど知らないと言っている。

恵利は和樹との離婚を考えていたようだ。離婚で揉《も》めた場合、不倫をしていた恵利のほうが不利だ。だから、和樹からのＤＶが離婚の原因のように仕組んだ。

その後、恵利から離婚の話は持ち出されたが、一度だけだ。恵利も積極的に離婚の話はしていない。

恵利が離婚の準備にとりかかるとしたら、好きな男といっしょになれるという見通しが出来たときだ。恵利が積極的に離婚の話を持ち出さなくなったのは、結婚に関して、相手の男に支障が出来たからではないか。

気になるのは不倫相手だった信楽良一だ。

京介は机に戻って、受話器をとった。


翌日の昼前、会社から少し離れた喫茶店で信楽と落ち合った。昨日の電話では最初は迷惑そうな感じだったが、有原和樹のアリバイを証明出来る人間が見つかりそうだという話をすると急に態度が変わった。

鬢に白いものが混じった渋い感じの信楽と、先日と同じテーブルで向かい合った。

「昨日の電話だと、アリバイを証明出来る人間が見つかったということでしたね」

「はい」

「旦那はほんとうにやっていないのですか」

信楽は疑っている。

「やっていません」

「では、誰が……」

「あなたと恵利さんの間に結婚という考えはなかったのですか」

京介はもう一度確かめた。

「先日も言いましたが、あくまでも家庭を壊さない前提での付き合いでした。彼女もそのつもりでしたから」

「しかし、毎週のように会っていましたね」

「ええ、でも、最近はそうでもありませんでした」

「しかし、恵利さんは毎週出かけていたそうです」

「………」

「恵利さんから離婚したいのだという言葉を聞いたことはありますか」

「いえ、ありません。それどころか」

信楽はためらいがちに、

「最近、彼女は旦那と縒《よ》りが戻ったような感じでした」

「縒りが戻る？　どうしてそう思われたのですか」

「帰宅が早くなっていたのです。そのわけを訊ねても何も言いませんでしたが」

信楽は困惑したように目を細めた。

「そう感じるようになったのはいつごろからですか」

「半年ぐらい前からでしょうか」

「九月初め、恵利さんは警察に夫からのＤＶの相談に行っていたのです」

「それがわかりません」

信楽は首を横に振った。どこまでほんとうのことを話しているのかわからないが、京介はそれ以上、きくことはなかった。

別れの挨拶をしようとしたとき、信楽は深刻そうな顔で、

「旦那の友人の黒田という男は怪しくないのですか」

と、切り出した。

「あなたは黒田さんを知っているのですか」

「いえ、彼女から聞いたことがあります。ほんとうは黒田と結婚すると思っていたと言っていたことがあります」

「それ、ほんとうですか」

「そんなことで嘘なんかつきませんよ」

「ええ、そうですが……」

独身時代、神田にある小料理屋で、和樹と黒田は恵利と良美と知り合い、それからは四人で行動していた。やがて、和樹は恵利と結ばれたのだ。

だが、恵利の話がほんとうだとすると、恵利は黒田と親しかったことになる。つまり、和樹は黒田から横取りするような形で結婚した……。

「私が思うに、黒田と有原さんは表面的には親友同士だったにせよ、内心では複雑な感情が入り乱れていたんじゃないですか」

信楽は間を置いて続けた。

「今年の春ごろから、彼女の態度が変わってきたように感じていました。ひょっとして、そのころは、彼女は私より黒田と多く会っていたんじゃないですか」

信楽は初めて嫉妬を剝き出しにした。

信楽と別れたあと、京介は黒田に電話をかけた。

六時前に、黒田が内幸町にある会社から虎ノ門の事務所にやって来た。

執務室の応接セットのソファーに長身の体を沈めた。

「有原さんが自白をしたことをご存じでしょうか」

京介は切り出す。

「自白？　罪を認めたということですか」

黒田は不思議そうにきいた。

「そうです」

「まさか。彼が自白だなんて」

「それに伴い、私は弁護人をやめさせられました」

「信じられません。有原はどうかしちゃったのでしょうか」

「奥さんの死は自分の責任だと思っているようです」

京介は流産の件を話し、

「恵利さんが変わってしまったのは流産のせいではなく、そのことで激しくなじった自分の態度のせいだったと後悔し、自分を責めているのです」

「………」

「有原さんは無実です。アリバイを証明できるひとが見つかりました。でも、肝心の有原さんが罪を認めているので、証人の信憑性が疑われている始末です」

京介は茫然としている黒田を見つめ、

「最初は、もう愛情は冷えきっていたようなことを言ってましたが、有原さんはほんとうは恵利さんを愛していたのではないでしょうか。その喪失感が有原さんを自暴自棄に……」

「ずっと裏切ってきた恵利さんを、彼は許してはいなかったと思いますが」

「でも、今は自分を責めているのです。恵利さんを殺した真犯人はどこかにいるのです。あなたには思い当たる節はありませんか」

　京介は探るようにきいた。

「いえ」

　黒田は否定するや、

「私は事件を知ったとき、犯人は不倫相手の信楽良一だと思いました。恵利さんはいずれ戻ってくるからばかなことを考えるなと有原に強く言っていたんです。でも、恵利さんは相手にのめり込んでしまった。有原と離婚して信楽と結婚しようとしたんじゃないですか」

　と、いっきに吐き出すように言い、さらに続けた。

「信楽にはその気がなかった。妻子がいるんですからね。でも、恵利さんはその気になっていた。結婚してくれなければ、会社にも奥さんにも話すと、信楽に迫った。追い詰められて……」

「信楽さんにはアリバイがあります」

「誰かを雇ったんじゃありませんか」

「警察もそこまでは考えて調べたはずです」

「共犯者を見つけ出せなかっただけじゃないんですか」

黒田は信楽に疑いを向けていた。

「そうですね」

京介は呟き、

「独身時代、あなたと有原さんは恵利さんと寺山良美さんとの四人でお付き合いをしていたようですね」

「そうです」

「そのうち、有原さんと恵利さんが親しくなっていったのですね」

「ええ」

「あなたは恵利さんか良美さんに恋心を抱くことはなかったのですか」

「ないといえば嘘になりますが」

「失礼ですが、黒田さんは奥様は？」

京介はきいた。

「今はひとりです。五年前に離婚しました」

「相手はどのような方だったのですか」

「高校のときの同級生です。でも、数年で関係がぎくしゃくしました」

「そうですか」

「私の経験から、離婚は思い留まるようにと彼に話していたのです。でも、彼は離婚を考えていたようです」

「すると、離婚を切り出されても、有原さんが殺意を持つことは考えられないのですね」

「ええ、そうです」

「警察の調べでは物取りでもないようです。また、周辺の疑いのある者も調べたようです」

「周辺……」

黒田があっと声を上げた。

「何か」

「以前、有原の家に遊びに行ったとき、恵利さんが隣の家を見て、またこっちを見ていると、不快そうに話していたことがありました」

「隣？　なんという御宅《おたく》でしたっけ」

「さあ、ちょっと覚えていません」

「よく見られているということですか」

「そうらしいです」

「事件の夜の十時過ぎ、二階の南側の窓越しに有原さんらしき男を見たと、左隣の家の会田というひとが警察に話していたそうです」

「会田……。そうです、会田です。有原が会田さんかと言っていました」

会田の証言は大きい。犯行時、有原和樹が家にいたことの証明になっているのだ。

「あなたは会田さんに会ったことがありますか」

「いえ、ありません」

会田の証言は間違っていたのだ。二階の窓越しに和樹を見たというのは正しくない。別の男を、和樹だと思い込んでしまったのではないか。和樹の家には男は和樹しかいないからだ。

会田は酒を呑んで酔い醒ましに二階の部屋の窓を開けたのだ。かなり酔っていたと思われる。だから、会田の証言には問題があると思っていた。しかし、会田がときたま和樹の家を覗いていたとなると、話が少し違ってくる。

改めて、会田の存在が大きく浮上してきた。

3

翌日、有原和樹は殺人容疑で起訴された。

その日の昼休みに、虎ノ門の事務所に寺山良美がやって来た。

「お呼び立てして申し訳ありません」

京介は応接セットで向かい合ってから、

「有原和樹さんは今日、起訴されたそうです」

「…………」

「身柄は葛西中央署から東京拘置所に移されました」

「どうなるのでしょうか」

「罪を認めていますから、裁判でも有罪になるでしょう。彼は無実の罪で刑務所に行こうとしているんです」

「そうですか」

良美は小さく呟いた。

「独身時代、恵利さんと黒田さんは恋愛関係にあったのでしょうか」

おもむろにきいた。

「恵利と黒田さんですか」

良美は意外そうにきき返した。

「ええ、恵利さんと黒田さんです」

良美は俯いたが、すぐに顔を上げ、

「そうでした。あのころは自然と、恵利と黒田さん、私と有原さんというペアになって」

と、思い出すように言った。

「有原さんはあなたとお付き合いをしていたということですか」

「そんなに深い付き合いではありません。それに、有原さんが恵利に気があることがわかっていましたから」

「すると、有原さんが黒田さんから恵利さんを横取りしたということでしょうか」

「そうなりますね。でも、恵利と黒田さんはうまくいっていなかったようですから」

「なぜでしょうか」

「さあ、わかりません」

「有原さんと恵利さんが結婚することになって、あなたや黒田さんはどう思われたのでしょうか」

「驚きましたけど、それはそれで祝福しました」

「黒田さんと有原さんの友情関係にひびが入ったり、しなかったのでしょうか」

「黒田さんも祝福していました」

「そうですか」

「何か疑問でも？」

「有原さんのアリバイを証明出来るひとが見つかったのです。有原さんは無実です。しかし、罪を認めているんです」

「………」

「なぜ、有原さんは罪を認めたのか。恵利さんを失って生きる気力をなくしたのか、それとも誰かをかばっているのか」

「かばう？」

「じつは、恵利さんの不倫相手の信楽さんが、半年ほど前からふたりの仲がしっくりいかなくなったと言っているんです。別の不倫相手がいたのではないかと」

「………」

「いかがですか。あなたは何か気づいていませんでしたか」

「いえ」

「そうですか」

京介は少し間を置き、

「恵利さんは有原さんと離婚をしたがっていたのですね」

「ええ。そう言ってました」

「離婚後の暮しはどうするつもりだったのでしょうか」

「私はてっきり信楽さんとの再婚を考えているのだと思っていました。自分の事情で離婚を切り出すと、揉めたとき不利になるかもしれないのでDVを受けていたことに……」

「相手が黒田さんということは考えられませんか」

「黒田さん？」

「いえ、仮定の話です。考えられることを無責任に口にしているだけです」

「わかりません。ただ……」

「ただ、なんでしょう」

「もし相手が黒田さんだったら、私にはそのことは最後まで隠そうとしたかもしれません」

「それから、有原さんの隣家に住む会田さんのことですが」

次の質問に移った。

「恵利さんはときたま会田さんのご主人が家を覗いていると言っていたそうなんですが、あなたも知っていましたか」

「ええ、聞いたことがあります。外で会うと、全身を舐《な》めまわすように見るので薄気味悪いとも言っていました」

「そうですか」

「有原さんはどんな様子なのですか。罪を認めて、すっきりしているんですか。それとも、どうでもいいと投げやりなのでしょうか」

良美はきいた。

「じつは今私は有原さんの弁護人ではないのです」

「…………」

意味がわからなかったのか、良美は不思議そうな顔をした。

「罪を認めたので、もう弁護はいらないということで、解任されたのです」

「まあ」

「だから、会うことが出来ないのです。でも、私は有原さんを助け出したいと思っているのです」

「知りませんでした」

良美はやりきれないように呟いた。

「すみませんでした。昼休みを潰してしまいましたね」

京介は礼を言った。

京介は葛西中央署に重森警部補に会いに行った。もはや、ここには有原和樹はいないのだ。

いつもの応接セットで向かい合うと、重森警部補が不思議そうにきいた。

「鶴見先生はもう有原和樹の弁護人ではないのに、なぜ？」

「無実を信じているからです。なぜ、無実の罪をかぶろうとしているのか。いったん縁の出来た依頼人ですから、気になることは調べておきたいのです」

京介は重森警部補をまっすぐ見つめ、

「私が弁護人なら訊ねたいことがいくつかあるのです。取調べで、すでにきいているかもしれませんが、もしそうでなければ代わってきいていただけませんか」

「無理ですよ。有原和樹は我々の手から離れました」

「彼は無実です。その可能性は百パーセントと言ってもいいでしょう」

「大仰ですな」

「彼が無実ということは、真犯人を取り逃がしているということです」

「………」

「拘置所に行って彼に会ってきてください」

「………」

重森警部補は顔をしかめたが、

「何をきくのでしょう」

と、呆《あき》れたようにきく。

「まず、結婚前、恵利さんは友人の黒田真司さんと親しくしていた。それを横取りするような形で有原和樹は恵利さんと結婚したのか」

重森警部補は黙って聞いていた。

「次に、恵利さんは毎週金曜日に出かけて夜遅く帰ってくる生活を送っていたが、半年前から何か恵利さんに変化がなかったか」

「どういうことですか」

重森警部補はきき返した。

「不倫相手の信楽さんは半年ほど前から恵利さんの様子に変化を感じているのです。それに、会う回数も減っていたと。つまり、信楽さん以外にも会っていた男がいたのではないか。有原和樹はそのことに気づいていたのかどうか」

「…………」

「信楽さん以外にも不倫相手がいたのではないかというのは信楽さんの見方なんです。念のために、有原さんの考えをききたいのです」

「わかりました」

「もうひとつ。隣家の会田さんのことです。ときたま会田さんは有原さんの家を覗いていたと恵利さんが言っていたそうです。それが事実かどうか」

京介は間を置き、

「以上の三点を確かめていただけますか」

「鶴見さんは若いのに老獪《ろうかい》ですな」

重森警部補が真顔で言う。

「はっ？」

京介はきき返す。

「有原和樹にきいて欲しいというのは口実で、我々に示唆することが目的ではないのですか」

「示唆だなんてとんでもない」

あわてて、京介は否定する。

「ただ、有原和樹は無実です。浅村勝一郎さんの証言に嘘はありません。だとしたら、真犯人は誰か。有原さんの身近にいた人物です。あくまでも想像の域を出ませんが、その可能性があるのが三人。不倫相手の信楽さん、有原和樹の友人の黒田さん、そして、隣家に住む会田さんです」

「警察はその三人についてもいちおうは調べていますよ」

「いえ、当初から有原和樹さんに目が向いていたはずです。ですから、この三人については詳しいことまで調べていなかったはずです」

「………」

「たとえば、目撃者の会田さんの証言です。会田さんが有原さんの家を覗いていたというのが事実だとしたら、状況が少し変わってきませんか。また、そのことが事実でないとしたら、誰かが嘘をついたことになります。なぜ、そんな嘘を……」

「わかりました。有原和樹にきいてみましょう」

重森警部補は静かに言った。

京介は葛西中央署をあとにした。


翌日の夕方、北海道中央新報の増野から電話があった。

「きょう、鬼怒川から刑事が来て、浜尾雄一殺しの件で札幌中央署にて村越とスキンヘッドの男の任意の取調べをはじめました」

「いよいよですね」

「ええ。ふたりは事件への関与を否定したようですが、若宮こずえがすべてを話したようです」

「そうですか」

こずえは約束を守ってくれたようだ。

「それから浅村勝一郎が自首をしてきたことは騒ぎになっています。いちおう、報告させていただきました」

増野はあわただしく電話を切った。

若宮こずえと今井和貴子の顔が交互に浮かび、京介は改めて札幌に行ったことを脳裏に蘇らせた。

西葛西のアパートに住んでいた、アリバイを証明出来る男に接触したことで二十年前の未解決事件がいっきょに解決に向かった。それには満足感を覚えたが、肝心の有原和樹の事件はこのまま誤った方向に向かおうとしている。

弁護人を解任されたことが痛かった。弁護人であれば、有原和樹に会い、説得も出来るのだ。

恵利を不倫に走らせたのは自分だとし、和樹は自分を責めている。そう言っていたが、それはほんとうだろうか。

最初は身の潔白を訴えていたのだ。突然、自白に転じたのはなぜか。アリバイが証明出来る可能性が出てきても、罪を認める姿勢に変わりはなかった。

恵利を失った喪失感が和樹を自暴自棄にさせたのだとしたら、最初から罪を認めていたのではないか。

自白に転じたのは和樹が語った理由のせいではない。別にある。やはり、誰かをかばっているのだ。そうとしか考えられない。

和樹がかばうとしたら、友人の黒田真司か。

和樹は留置場で事件を考察するうちに、犯人は黒田ではないかと思い至ったのではないか。

恵利は結婚前に黒田と付き合っていた。だが、恵利と結婚したのは和樹だ。黒田はどんな思いだったろうか。

その後、恵利は流産し、和樹との仲も拗《こじ》れ、やがて不倫に走った。ところが、半年ほど前から恵利は黒田と付き合うようになった。

信楽と不倫をしている恵利をたしなめているうちに昔の思いが蘇ったのか。黒田は友人を裏切った。

恵利は和樹と別れ、黒田と結婚しようとした。だが、黒田はためらった。和樹に対してそんな真似は出来ない。だが、恵利は結婚してくれないなら和樹にすべてを打ち明けると脅す。

事件の夜、黒田は和樹にすべてを話すつもりで恵利といっしょに和樹の家に行った。だが、和樹は出かけていていなかった。

そこでまた言い合いになって、黒田は思わずバットを摑んで恵利を殴って殺した。それからふたりが付き合っていた証拠になるものを探しに、二階の恵利の部屋に行った。

このとき、隣家の会田に姿を見られた……。

和樹はそう推理をしたのではないか。

かつて、黒田から恵利を奪った。恵利を失った黒田がどんなに苦しんだかを、和樹はあまり考えなかった。黒田は別の女性と結婚したが、数年で離婚している。やはり、恵利のことが忘れられなかったのだ。

黒田を追い込んだのは自分だと思った。黒田が捕まれば恵利を失い、親友をも失うことになる。それなら自分に責任があると考え、和樹は罪をかぶることにした……。

京介は息苦しくなった。

和樹が自白をした理由はこれに違いないと思ったとき、もうひとつの可能性が頭に浮かんだ。

寺山良美だ。彼女にも黒田と同じことが言える。

和樹と恵利が結婚する前は、良美が和樹と親しかったのだ。それを、恵利が良美から和樹を奪った。

表面上は仲良くしていても、そのときの恨みがずっと良美の心に沈殿していたのではないか。

恵利が流産したあと、良美は励ますために恵利を外に連れ出した。それだけでなく、不倫のお膳立てをしたのも良美ではなかったのか。

良美は恵利の不倫に手を貸し、夫婦仲を崩壊に導いていったのではないか。和樹との離婚を有利に進めるためにＤＶ被害を印象づけておいたほうがいいと、良美がアドバイスをしたということも考えられる。

事件の夜、良美のところに和樹から電話があった。恵利が帰っていない。不倫の手助けをしているのがあなただと言い、和樹は強引に電話を切った。

良美はこの機に恵利の不倫のことをすべて話そうと思い、和樹の家に行った。だが、家にいたのは和樹ではなく恵利だった。

良美はリビングで恵利と会った。そこで、なんらかの理由で諍《いさか》いになったのだ。たとえば、やっぱり離婚はしない。今のまま、不倫を楽しんでいたほうがいいわと言った。良美はその身勝手さに予《か》ねてからの怒りが爆発した。バットを手に恵利を襲った。なぜ、入ったのかわからないが、二階の恵利の部屋に入ったのは良美だ。隣家の会田は暗い部屋で恵利以外の人物だから和樹と見てとったのではないか。酔っていた会田がちゃんと見ていたとは思えない。

和樹は真犯人を寺山良美と考えたのではないか。しかし、この推理を和樹に直接問うことが出来ない。

京介は重森警部補に電話をした。

「頼まれたことはまだ有原にきいていません」

重森警部補は悪びれずに答えた。

「いえ、その件はもう結構です。それより、有原和樹は真犯人をかばっているのです。身代わりになろうとしています」

「真犯人などいません」

「いいですか。有原和樹は犯行時刻、『酒政』で浅村勝一郎さんと相席だったんです。

それから、隣家の会田さんにもう一度確かめてください。彼は酒を呑んでいて酔い醒ましに二階の部屋の窓を開けたそうです。確かに、有原和樹を見たのか。奥さんが殺されて夫に疑いがかかっているということを知って、自分が見た影が有原和樹だと思い込んでしまったと思うのです」

「…………」

「お願いです。有原和樹は真犯人をかばっているという視点で事件を見直していただけませんか」

「誰をかばっているというんですか」

「有原和樹がかばう人間は限られています。仲間です」

「…………」

「お願いします」

京介は重森警部補に託して電話を切った。

4

有原和樹が葛西中央署の留置場から東京拘置所に移されて三日が経過した。明日からもう師走だ。

恵利が誰になぜ殺されたのか。独房の中は考える時間がたくさんあった。

神田にある小料理屋で、恵利と出会ったころのことが蘇る。口は悪いが気のいい、男勝りの女将の顔が懐かしい。

あるとき、その女将が和樹にこっそり言った。

「あんたは髪の短いほうと結ばれるよ。私の勘はよく当たるからね」

恵利はボブヘアで、少年ぽい雰囲気を持っていた。良美はロングヘアで、細面の美人だ。そのときは、和樹は良美と、黒田は恵利というペアになっていたので、

「女将さんの勘も今度ばかりは外れるよ」

和樹は鼻で笑いながら言った。

女将の予言どおり、その後、和樹は恵利の笑顔に惹かれていった。良美は美人だが心が読めない冷たさがあった。恵利が自分に関心を持ってくれていることがわかっていた。黒田といっしょにいても、気づかれないように和樹のほうに視線を送っていた。

あるとき、恵利から電話がかかってきた。ちょっと相談があるの。ふたりに内緒で会えないかしら、と彼女は言った。恵利の笑顔に、胸がときめいたことを覚えている。

相談は口実で、それからちょくちょく恵利とふたりきりで会うようになった。やがて黒田と良美にも知られることになった。

「最近、恵利さんが俺の誘いを断ることが多くなった。何か心当たりはあるか」

黒田が怒ったようにきいてきた。

「良美さんも言っていた。最近おまえが冷たいと」

「…………」

和樹は返事が出来なかった。

「おまえ、恵利さんと……」

黒田が歪んだ顔できいた。

「すまない」

「まさか……」

黒田はあとの言葉が続かなかった。

「結婚しようと思う」

「良美さんには言ったのか」

「いや、まだだ」

「いつからだ？」

黒田は怒りを抑えてきいた。

「…………」

「いつから俺たちを騙していたんだ？」

「三カ月前だ。本格的にはここひと月」

「知らなかった」

「すまない」

「…………」

黒田はそれ以上、何も言わなかった。

怒りを露《あらわ》にしないことが、かえって怒りの大きさを物語っているようだった。

それは良美も同じだった。和樹が恵利に乗り換えたことになんの文句も言わなかった。

結婚式にもふたりは出席してくれ、以前と変わらないように付き合ってくれた。

その後もいままでどおりの付き合いは続いた。そして、結婚して七年後、恵利は妊娠した。

生まれてくる子どものために西葛西に中古の家を購入した。

和樹は恵利に体を大事にするように口を酸っぱくして言ったが、彼女はよく外出をした。ずっと家にいると気分が滅入《めい》ると言い、良美といっしょに出かけていたようだ。

不幸は突然やって来た。駅の階段でひととぶつかり数段落ちたのだ。それがもとで流産した。

和樹は恵利を責めた。せっかく授かった子を失った怒りを恵利に向けた。激しく彼女を非難した。

恵利も子を失ったショックからなかなか立ち直れなかった。毎日家の中で塞ぎ込んでいた。そんな恵利を外に誘い出して元気づけたのが良美だ。ふたりで買い物や食事、そして良美の行きつけのスナックに行った。

そこで、不倫相手の信楽と出会ったのだ。

独房でその当時のことを考えてみた。良美は親切そうに恵利を励ましたが、信楽との出会いを画策していたのではないか。

そう考えると、妊娠中に外に誘い出したのもなんらかのアクシデントを期待してのことだったかもしれない。階段で接触した相手はわからない。良美が背後から突き落としたのだというには証拠もなく、考えすぎかもしれないが、信楽とのことは良美が企《たくら》んだのではないか。

その計画は見事に進み、恵利と信楽の不倫は続いた。

良美は恵利と和樹に復讐《ふくしゆう》をしていたのだ。家庭を壊そうとした。良美から和樹を奪った恵利と、良美を捨てて恵利に走った和樹が許せなかったのだ。

復讐の機会を得るために、良美は内心の怒りを隠してずっと付き合ってきたのだ。

さらに、良美の復讐は続き、恵利を黒田とも再会させた。もともと黒田は恵利に好意を持っていた。そして、黒田も恵利を奪った和樹に怒りを抱いていた。

そして、良美は恵利に離婚を勧め、ＤＶ被害という小細工までを教えた。

和樹と恵利は良美の計略に見事にはまったのだ。

独房にいてじっくり考える時間があったからこそわかったことだ。

恵利は和樹と別れ、黒田と結婚する気でいたのか。いや、黒田も恵利と和樹に復讐をしていたのだ。もともと、黒田には恵利と再婚する気などなかったのではないか。

事件の夜、帰宅した和樹は恵利が外出していることを知り、良美に電話をした。このとき、良美は和樹に不倫のことをすべて話し、ふたりの仲を決定的に裂いてしまおうと考え家までやって来たのだ。

だが、良美にとって意外だったのは、家にいたのが恵利だったことだ。そのころ、和樹は呑み屋にいた。

恵利は良美が訪ねてきたことに不審を持った。それに恵利も予てから良美に踊らされていることに気づいていた。

それで、良美を問い詰め、すべてが良美の策略だったと気づいた。そこで言い合いになり、恵利はかっとなってバットをとって殴り掛かった。だが、良美が奪いとって、逆に恵利を殴り殺した。

その後、良美は二階の恵利の部屋に行っている。何しに行ったのかわからない。返り血を浴びたので着替えようと思ったのか。ただ、このとき、隣家の会田に見られた。おそらく、会田は人影を見ただけだろう。恵利ではないので、勝手に和樹だと思い込んでしまったのに違いない。

黒田の仕業かとも考えたが、あの夜、黒田が和樹の家に来ることは考えられない。昼間、黒田が恵利と会っていたとしても和樹がいる家まで送ってはこまい。

あの夜、我が家にやって来たのは和樹に会いに来た良美だけだ。

これが和樹が導き出した真相だ。

それに、和樹に無実の罪をかぶせて平気でいられるのは、和樹にも恨みを持つ良美しか考えられない。

十年前、和樹と恵利が結婚したことで、どれほど良美が傷ついたかに、和樹は思い至らなかった。

俺と恵利が復讐をされることは仕方ないのかと、和樹は愕然となった。

足音がした。扉の前で看守が立ち止まった。そして、扉を開けた。

「検事さんの取調べだ」

と、告げた。

和樹は取調室に向かった。

取調室には東京地検の榛原検事と共に重森警部補が待っていた。ふたりがいっしょなのは初めてだった。

「どうだね、環境が変わったが？」

検事がきいた。

「同じようなものです」

和樹が答える。

「少し確認したいことがあってね」

検事が言う。

「なんでしょう」

「私から」

重森警部補が身を乗り出した。

「改めておききします。あなたは、十月二十二日の夜、自宅にて妻の恵利さんをリビングにあった野球のバットで殴って死に至らしめたことに間違いないんですね」

「間違いありません」

「浜尾雄一と名乗っていた浅村勝一郎というひとが、十月二十二日の夜、西葛西駅の近くにある『酒政』という呑み屋であなたといっしょだったと言っていますが」

「確かに九時半ごろまではいっしょでした。でも、そのあとまっすぐ自宅に帰りました。そしたら妻が帰っていて口論になったのです」

「最初、あなたはこう言っています。『酒政』を出たのが十一時ごろ。家に帰ったら、妻が死んでいたと」

「はい」

「なぜ、途中から供述を変えたのですか」

「夢に、恵利の恨めしそうな顔が出てくるようになったのです。これ以上、言い逃れをしても自分が苦しむだけだと思うようになって」

重森警部補は間を置いて、

「結婚前、恵利さんはあなたの友人の黒田真司さんと親しくしていた。それを横取りするような形で、あなたは恵利さんと結婚したのですか」

と、きいた。

「そうです。私は友を裏切ったんです。それだけじゃない、私は寺山良美さんと付き合っていたんですが、彼女を捨てて恵利と結婚したんです。恵利も私も、ふたりに酷い仕打ちをしたと思っています」

和樹はしんみり言う。

「恵利さんは毎週金曜日に出かけて夜遅く帰ってくる生活を送っていたようですが、半年前から何か恵利さんに変化がありませんでしたか」

「…………」

「どうですか」

「さあ」

和樹はわざと首を傾げた。

「不倫相手の信楽さんは半年ほど前から恵利さんの様子に変化を感じていたようです。それに、会う回数も減っていたと。つまり、信楽さん以外にも会っていた男がいたのではないか。あなたはそのことに気づいていましたか」

「…………」

「気づいていたのですね」

「気づいていました」

和樹はやっと答えた。

「相手が誰か、想像はついていましたか」

「…………」

また、和樹は黙る。答えないことが肯定になる。

「いかがですか」

「想像でしかありませんから」

「あなたの想像を教えていただけませんか」

「言っても仕方ありません」

「ひょっとして、あなたの友人の黒田さんでは？」

「…………」

和樹は目を見開いた。

「恵利さんは、あなたと別れ、黒田さんといっしょになろうとしたのでしょうか」

「いくら恵利が望んでも、友人の私を裏切って黒田がそんな考えを持つはずはありません」

「恵利さんが望むことは考えられるのですか」

「もともと恵利は、黒田と付き合っていたのですから」

「犯行後のことですが」

重森警部補は話を戻した。

「あなたは二階の恵利さんの部屋に行きましたね。何しに行ったのですか」

「不倫相手が誰か、わかるものがないかと思って」

「そのとき、隣家の会田さんに見られたのですね」

「そうです。会田さんはいつも恵利の部屋を覗いていたようなので」

「そのとき、あなたも会田さんが見ていると気づいたのですか」

「ええ」

「そうですか」

重森警部補は表情を曇らせ、深い溜め息をついた。

「何か」

和樹は不安になった。

「あなたは、なぜ大切な思い出のバットを凶器に選んだのですか」

「言い争いになってかっとなり、何がなんだかわからなくなって、気がついたらバットを握っていたのです」

「高校のとき、地方予選の決勝戦で、あなたはホームランを打った。試合には負けて、甲子園の夢は叶わなかったが、あのホームランは一生の思い出になった。だから、大事に飾っていたんじゃないですか」

「ええ」

「いくらかっとなったとはいえ、そのバットでひとを殺せるでしょうか」

重森警部補は和樹の顔を見つめた。

「…………」

「あなたは誰かをかばっているのではありませんか」

「誰をかばうというのですか。そんなことをして、私に何の得があるのですか」

「償いです。昔、友を裏切ったことへの」

「何を仰っているのかわかりません」

「じつは改めて会田さんに訊ねたのです。そしたら、もしかしたら見間違いだったかもしれないと言い出したのです」

「見間違い？」

「酒を呑んでいて、酔い醒ましに二階の部屋の窓を開けたそうです。そこであなたの家の部屋が見えた。さっと横切ったひとが黒っぽい服を着ていたので、てっきり男だと思い込んだそうです」

「…………」

「それから、札幌中央署に留置されている浅村勝一郎から上申書が届きました。十月二十二日の夜、『酒政』であなたと十一時近くまでいっしょだったということが記されていました」

重森警部補は言葉を切り、

「こうなると、妙なことになりますね。会田さんと浅村さんが嘘をついているのか、それともあなたが嘘をついているのか」

「…………」

「有原さん。あなたが友をかばう気持ちもわからなくはない。しかし、他人の罪をかぶって何になるのですか」

「…………」

「じつは今、寺山良美と黒田真司に任意で事情を聴いているところです」

和樹は肩を落とした。

5

十二月二日、虎ノ門の事務所に思いがけない人物が、京介を訪ねてやって来た。重森警部補だ。

京介は執務室に招き入れた。

差し向かいになるなり、重森警部補が口を開いた。

「寺山良美が有原恵利殺しを認めました」

「ほんとうですか」

「有原和樹があなたをかばって罪をかぶろうとしたのだと言ったら、急に泣き出し、罪を認めたのです」

「そうですか」

「やはり、鶴見さんが仰っていたように、有原和樹は途中で寺山良美が犯人だと気づいたようです。彼女が自分や恵利を恨んでいたことがわかってショックを受けたようです。その罪滅ぼしの意味もあって、彼女の罪をかぶろうとしたそうです」

「寺山良美の犯行だという証拠はありますか」

「隣家の会田さんが自分が見た人影は髪が長かったような気がすると言い出しました」

「しかし、女だとしても、それが寺山良美だとは証明出来ませんね」

「ええ。ですが、恵利の部屋の机から彼女の指紋が検出されました。それが犯行日のものか断定出来ませんが。さらに、彼女は、有原の家に向かう途中にあるコンビニの前を通っているんです。防犯カメラの映像に彼女が映っていました。黒っぽいセーターに黒のパンツ姿でした」

「よく防犯カメラの映像が残っていましたね」

「ええ。いずれにしろ、事件の夜九時過ぎに、寺山良美が西葛西駅の改札を出て、有原の自宅に向かったことは間違いありません」

「ただ、それだけでは、あとで、家を訪れたが留守だったので引き返したという言い逃れが出来そうですが」

「凶器のバットは綺麗《きれい》に拭き取られていたので指紋は残っていませんでしたが、被害者の衣服から寺山良美のＤＮＡが検出されました」

「なるほど、わかりました」

「寺山良美は恵利と有原和樹にずっと恨みを抱いていたようです。恵利の不倫のお膳立てをし、ふたりの仲を引き裂こうとしたのです。黒田真司を恵利に近づけたのも、寺山良美だそうです」

重森警部補は続ける。

「事件の夜、彼女の携帯に有原和樹から電話がかかってきたそうです。恵利が帰っていない。不倫をしているのではないか、何か知っているのではないかと」

京介は頷きながら聞いた。

「電話を切ったあと、この際、和樹に一切を話し、家庭を崩壊させてやろうと思い、家まで押しかけた。ところが、家にいたのは恵利で、和樹はいなかった。良美の動きに不審を持っていた恵利がいろいろ問い質《ただ》してきた。そこで言い争いになり、かっとなった恵利がバットを手に襲いかかったのを反対に取り上げて殴ったということです」

「二階に上がった理由は？」

「恵利は日記をつけていたそうです。その中に、良美への不審が書いてあったそうです。妊娠しているとき駅の階段から突き落としたのも、不倫に向かわせたのも良美ではないかと日記に書いてあると、恵利が言ったので、その日記帳を探しに二階に上がったということです。会田さんに見られていたということですね」

「そこを会田さんに見られていたということですね」

「ええ」

「でも、起訴したばかりなのに、よく再捜査に踏み切られましたね」

「鶴見さんの情熱です」

「…………」

「弁護人を解任され、利害関係もないのに有原和樹のために奔走した。そのことを話したら、検事さんも胸を打たれたようで」

「…………」

「検事さんはただちに公訴取消しの手続きをとりました」

「そうですか。よかった」

京介はしみじみ言った。


三日後、事務所に有原和樹がやって来た。

「先生、ありがとうございました」

深々と頭を下げる。

「疑いが晴れたことはよかったですねと言えますが、有原さんに残されたのは……」

京介はあとの言葉を呑んだ。

妻を失い、友人の黒田真司と寺山良美も失ったのだ。黒田は殺害には関与していなかったが、和樹を裏切っていたことは明らかになった。

「仕方ありません」

和樹は割り切ったように言う。

「あなたが寺山良美さんの身代わりになろうとしたのはどうしてですか」

「罪滅ぼしです。私が昔、彼女を裏切ったのですから」

「でも、酷い仕打ちを受けてきましたね」

もし、良美が恨まなかったら、恵利の流産も、その後の不倫もなかったはずだ。

「ひょっとして、あなたはやはり寺山良美さんのことを？」

愛していたのではないかときいた。

「さあ、どうでしょうか」

和樹は笑みを浮かべた。

おやっと思った。何か違う。彼は途中で寺山良美が犯人だと気づいたのだ。彼女に対して特別な思いがあったからこそ身代わりになろうとしたのではないか。だが、昔良美を裏切ったことへの償い、あるいはほんとうは彼女に愛情を抱いていたか。だが、和樹はどこか晴々とした表情だ。

「あなたは寺山良美さんを許せるんですね」

「ええ、怨みはありません」

「しかし、あなたは寺山さんの身代わりになろうとしたのでは……」

途中で、京介はあっと思った。

「ひょっとしてあなたは……」

「なんですか」

落ち着いた声で、和樹はきいた。

「身代わりになる理由が、もうひとつあることに気づいたのです」

「もうひとつですか。それはなんですか」

「誰も赤の他人の罪をかぶろうなんて人間はいないでしょう。身代わりになるのはその者にとって大事な人間のためでしょう」

「そうでしょうね」

まるで他人《ひと》ごとのようだ。

「あなたは途中で、寺山良美さんの仕業だと気づいたのですね」

「ええ、留置場では考える時間がたくさんありました。恵利と出会ったころから事件のことまでじっくりと考えました。そしたら、いろいろ見えていなかったところが見えてきました。たとえば」

和樹は息を継いで、

「恵利が妊娠したとき、寺山良美は恵利の体を気づかってくれました。妊婦の栄養補給にいいという飲み物を探したり、体を動かしたほうがいいからと自分が付き添って外出したり。その挙げ句に駅の階段から転げ落ちて流産したのです。その後、傷心の恵利を外に誘い出して元気づけてくれました。その結果が不倫です」

「…………」

「ほんとうに留置場は落ち着いて考えるには最適な場所でした。流産も不倫も良美が介在していることに気づきました。彼女は恵利の不倫に手を貸していたんです。やがて、黒田真司に恵利を誘惑するように勧めた。黒田も表面上は友人として接していましたが、心の中は違う。そこに気づかせてくれたのも留置場の独房です。良美の仕打ちはまだ続きました。私と別れ、黒田といっしょになったほうがいいと恵利をそそのかしたのです」

滔々《とうとう》と和樹は話す。

「事件の夜、彼女は私に恵利の不倫相手は黒田だと告げようとして私の家に来たのでしょう。ところが、私は『酒政』に出かけ、入れ代わるようにして恵利が帰宅していたのです。おそらく、恵利も自分が良美に踊らされていることに気づきはじめていたのです。だから、恵利と良美の間で激しい諍いがはじまったのでしょう。頭の中に、映像さえ浮かんでいましたよ」

和樹は皮肉な笑みを浮かべた。

「寺山良美は恵利が私のバットを手に殴りつけてきたと言っていたそうですが、恵利があのバットを凶器にするとは思えません。私の思い出の品だということを理解してくれていましたし、いくら私との仲が悪くなっても、そのことを忘れたりしないはずです」

「今聞いてきた限りでは、あなたは寺山良美さんにかなり批判的です。そんな彼女の身代わりになるなんて考えられませんね。なのに、あなたは身代わりになろうとした」

「どんなに酷い仕打ちを受けたとしても昔からの仲間ですから」

和樹は微かに口元を歪める。

「それは嘘です。あなたは身代わりになることで真犯人が寺山良美さんであることを示唆しようとしたのです」

「そんなことをしたら、私がそのまま犯人ということにされてしまうではありませんか」

「いえ、あなたは自分が無実になるという確信があったのではありませんか」

「まさか」

「アリバイを証明出来るひとがいるからですよ。当時は浜尾雄一と名乗っていた浅村勝一郎さんの存在に、あなたは賭けたのではありませんか」

「………」

「どうなんですか」

「行方を晦ましたひとが出てきてくれるとは思えません。そんなあやふやな期待は持てませんよ」

「確かに、証言してくれるなら、その時点で証言してくれたでしょうね」

京介は素直に認めた。

「でも、あなたは確かに身代わりになることで寺山良美さんを……」

「先生」

　和樹が口をはさんだ。

「留置場はいろんなことを考えるに最適な場所でした。鶴見先生のこともね」

「………」

　京介は首を傾げた。

「私は恵利や寺山良美、そして黒田真司らのことを考えるだけでなく、鶴見先生のことも考えましたよ。数えられるくらいしかお会いしていませんが、先生の人間性をね」

「………」

「先生は正義感が強く、熱い方だと思いました。弱者の味方で、利害に関係なく、あくまでも真実を追求していくと」

「ほとんどの弁護士はそうだと思います」

「いえ、先生は特別です」

「………」

「だから先生に賭けたのです」

　和樹は声を高めた。

「賭けた？」

「先生ならきっと浜尾雄一を探し出して証言させると」

「しかし、あなたは私を解任したではありませんか」

「いっときどうでもいいと自暴自棄になったのは事実です。その一方で、鶴見先生ならそれでもやってくれると思いました。弁護人でなくなれば私に接見する時間もとられず、自由に動き回れるだろうと」

「無茶だ」

思わず、京介は叫んでいた。

「たまたま、運良く見つけられましたが、その保証などなかった」

「だから、先生に賭けたのですよ」

「…………」

「もし、賭けに負けたら、裁判で身代わりだと訴えることも考えていましたが、すべては先生に賭けました」

「…………」

京介は言葉を失った。

「私は賭けに勝ったんです」

そう言ったあとで、和樹はふいに悲しげな顔になった。

「でも、すべては私がいけないんです。流産したあと、私は恵利を激しく責めました。

子どもを失ったショックからとはいえ、私は……」

和樹は嗚咽を漏らした。

「警察から、恵利の日記を返してもらいました。そこには、流産したあとに私から責められたことで深く傷ついたことが書かれていました。恵利のほうが私よりもっとショックだったのに。日記には恵利の私への思いがあふれていました。恵利は私に助けを求めていたのです。そのことをわかってやれなかった」

和樹は大きく深呼吸をし、

「今になってやっと、私は恵利と一体になれたような気がしています。これからは妻と亡き子どもの供養をして生きていきたいと思っています」

「そうですか」

京介は目を細めて頷く。

「それから、先生にお願いが」

「なんでしょう」

「良美さんの力になってやってくれませんか。弁護人になってください」

「良美さんはあなたを憎み、恵利さんを妬んでいたのでしょう」

「ええ、ですが、良美さんがあんなことをしたのも、もとはと言えば、私が彼女を裏切ったからです。彼女のためなら私はなんでも証言します。黒田も、彼女のために力を貸すと言っています」

「黒田さんとはこれからもお付き合いを？」

「彼も私に後ろめたい思いをずっと持っていたようです。彼があんな真似をしたのも私が彼から恵利を奪ったことが遠因ですから。これからも友として付き合っていきます」

「わかりました。寺山さんが希望するなら弁護をお引き受けいたします」

「ありがとうございます。それから、もうひとつ」

和樹は真剣な眼差しで、

「今回のことで浅村さんにご迷惑をかけましたが、私は自分の人生を取り戻すことが出来ました。過去の事件が明るみになるのを厭《いと》わずに名乗り出てくれた、浅村勝一郎さんのことを詳しく教えていただけませんか。特に、あのムックリの謂《い》われを」

と、訴えた。

ふと、京介の脳裏を今井和貴子の顔が掠めた。

「わかりました。あなたを助けた浅村勝一郎さんとムックリについて、詳しくお話をしましょう」

札幌で過ごした四日間を思い出しながら、京介は浅村勝一郎について語りはじめた。

解説

小椰治宣

読み始める前の期待感といったものが、小説を手にした時には必ずある。何気なく手に取った本が面白かったということもあるが、それは本を、例えば書店の棚から抜き取る時に、何らかの期待を込めていたと言えなくもないのである。

この「期待感」は、優れたシリーズものの場合、読者にとってより身近なものになりがちだ。シャーロック・ホームズものにしても、金田一耕助ものにしても、シリーズものだからこそ抱き得る期待感というものがある。

同じことが、本作で十三作目となる鶴見京介弁護士シリーズにもあてはまる、と私は思うのだ。シリーズすべてのタイトルが漢字二文字で統一されている点が、まず特徴的である。そこで、今回の二文字はどんな冤罪《えんざい》事件を示唆し、それに対して京介がどんな挑み方をしていくのか――という期待を読者は抱く。その二文字に作者が込めた思いとは何か――とも考えてみたくなってくるのである。

では、本作のタイトル『奪還』とは、何を意味しているのか。誰が、何を、どのように奪い還《かえ》すのか？　まず、そのことが気にかかるはずである。それを念頭に置きながら、作中に足を踏み入れてみよう。

事件は、江戸川区西葛西の一戸建て住宅で起った。勤務先から帰ってきた有原和樹（三八歳）は、妻の恵利（三五歳）が不在だったため、近くの呑《の》み屋に行くことにした。暫《しばら》くして帰宅してみると、リビングの床に妻が倒れていたのだ。バットで頭を殴られ、死んでいたのである。警察は、有原和樹を妻殺害の容疑者として逮捕した。この有原の弁護に鶴見京介が当たることになった、というわけである。

有原和樹には、犯行時刻の午後十時前後に、呑み屋（『酒政』）に居たというアリバイがある。それを証明することができれば良いのだが、領収書や明細書をもらっていない上に、店員も彼のことを記憶してはいなかった。

一方で、有原和樹をクロとする状況証拠は揃《そろ》っていた。というのも、和樹は、妻には男がいるのではないかと予《かね》てから疑っていた。その夜も妻が家に居ないのは、男に逢《あ》っているからではないかという思いに駆られ、腹を立てながら外で酒を呑んでいたのだった。

恵利が疑わしい行動をするようになったのは、結婚して七年後、妊娠したものの流産してしまったことが原因だった。子どもを諦めかけていただけに妊娠した喜びは大きかった。それだけに、流産のショックは量り知れないものがあった。

その後、恵利は親友の寺山良美と毎週のように出かけて行き、夜遅く帰るようになっていたのだ。本当に、恵利はいつも良美と一緒に行動しているのか？　和樹は次第に疑念を抱くようになっていたのだった。

そうした中で、二人の夫婦仲は、離婚を考えるまでに冷え切っていた上に、恵利が警察に夫のＤＶの相談に行っていたというのだ。

むろん、和樹には暴力を振るった覚えはまったくなかった。さらに、犯行時刻に和樹が犯行現場の家の二階に居たという目撃者の証言まで加わった。和樹の冤罪を晴らすには、アリバイを証明する以外に方策はない。

唯一の手懸りは、『酒政』で和樹と相席していた四十半ばぐらいの男だ。その男は、アイヌが使う口琴「ムックリ」を持っていたのだという。京介自身も、ムックリには思い出があった。札幌出身の京介は、中学三年の時に学校で行ったアイヌ民族博物館で、ムックリの演奏に初めて出会った。その時演奏していた女性がとても美しい人で、その姿が今も脳裏に焼き付いているほどなのだ。

この「ムックリ」が、本作では重要な役所を演じているので、どのような楽器なのか紹介しておこう。長さが十五センチメートル前後の、細い竹片の中央が切り込まれて舌状の弁が作られ、その根元にヒモが結んである。これを横にして唇の間に軽く挟んで、ヒモを引きながら、弁を振動させ、口腔《こうこう》に共鳴させて音を出す、というものだ（『大事典ナビックス』講談社参照）。

この「ムックリの男」を、京介の依頼で動いていた元刑事の調査員洲本が捜し出してきた。ところが、この男、浜尾雄一は、犯行時刻のころに、『酒政』に居たことも、ムックリを持っていることも認めたものの、有原和樹のことはまったく覚えていないというのだ。しかも、京介が浜尾のもとを再び訪ね、自らのムックリの思い出を語った直後に、彼は突然住んでいたアパートから姿を消してしまったのだ。

浜尾雄一がアリバイ証人となるのを拒絶するには、何か特別な理由があるのか……。

実は、本作にはアリバイ証人の浜尾雄一とムックリとの関係をめぐるドラマが入れ子のように仕込まれているのだ。浜尾はなぜ少し古びたムックリを大切に持っていたのか。この謎を解くことが、有原和樹の無実を証明することにも繋《つな》がってくるのだが、このあたりは、作者のプロット作りの巧みさに感心させられるところでもある。

では、浜尾雄一とムックリとを結び付ける、いかなる事情が過去にあったのか。その謎を追って、京介は独自に動き出した。というのも、有原和樹が突然犯行を認め、京介は弁護人を解任されてしまったからだ。有原の無罪を信ずる京介は、浜尾の過去を調べるために札幌へ飛んだ。もちろん、手弁当である。真実を求め、そのためには躊躇《ちゆうちよ》せず直線的に行動するところが、京介らしいところであり、読者の共感を呼ぶところでもある。

ところで、札幌で京介を手助けする、というよりも京介が会うことを楽しみにしている笠原めぐみという女性が、ここで登場してくる。本シリーズの愛読者ならば記憶しているだろう。前作『邂逅《かいこう》』(二〇二一年)で、七年ぶりに再会した女性である。十年前に友人たちと旅行した折が最初の出会いだった。そして、その時の友人の一人と彼女の親友との結婚式で会ったのが七年前だったわけである。前作から京介にとっては笠原めぐみは気になる存在になっているようだが、めぐみの方も満更ではない様子だ。

過去に京介は、所属する柏田四郎法律事務所の同僚弁護士であった牧原蘭子に失恋したことがあるだけに(『最期』二〇一八年、『生還』二〇一九年)、今度こそは、恋が実って欲しいと思うのだが、果してどうであろうか。冤罪を晴らすためには、努力を惜しまず駆け回る京介だが、こと恋愛にかけては奥手である。そこにキャラクターとしての魅力の一端があると言えなくもないのだが……。

さて、北海道へ飛んだ京介は、浜尾雄一の過去に何を探り当てたのであろうか。浜尾の実家を訪ねた京介は、ここで意外な、というよりも想定外の事実を突きつけられることになる。そして、この「事実」の中には、もう一つ別の人間ドラマが、入れ子の中の入れ子のごとく、仕込まれていたのだ。しかも、この第二の入れ子にもまた過去の犯罪が潜んでいる気配が感じられた。京介は、この犯罪を白日のもとに晒《さら》すことで、過去に起きた別の未解決事件に辿《たど》り着くことになるのだが……。

本作は、言ってみれば、現在と過去の、併せて三つの事件が、入れ子式に仕込まれているということになる。現在の事件のフタを開くと、被疑者のアリバイ証人の過去の事件に絡む函《はこ》があり、その函のフタを開くと、また別の過去にあった事件が見えてくる、という具合である。そして、それぞれの函の中が人間の運命を左右するドラマで満たされているのだ。

京介は、もつれた糸を解《ほぐ》すようにしながら、真実へと一歩一歩近づいていく。しかも、そこには、また別の冤罪事件の臭いも漂っていた。二転三転するストーリィは、ミステリーとしても秀逸ではあるが、奥の深い人間ドラマとして胸に迫るものがある。

自らの運命を託すに足る弁護士の存在が、被疑者にとっていかに重要であるかを、改めて考えさせられるのは、私だけではあるまい。

そして、もう一つ、好きな人のために自らの人生を犠牲にせざるを得ないとしたら、しかもそれが、冤罪に端を発しているとしたら、その悔しさたるやいかばかりのものであろうか。その気持ちが、本作からは痛いほど伝わってもくるはずである。

最後に、本作のタイトル『奪還』の意味するところは何かということだが、これにはいくつもの解釈があるように思われる。弁護士の京介、被疑者の有原和樹、そしてアリバイ証人の浜尾雄一――その三者三様の奪還のドラマがあったのではなかろうか。

そのあたりも、じっくりと味わっていただきたいものである。読後の余韻に浸りながら、次作のタイトルと京介の恋の行方を予想してみるのも一興であろう。

（おなぎ・はるのぶ　文芸評論家）

本書は、集英社文庫のために書き下ろされた作品です。

小杉健治の本

生還

失踪した妻を捜し、郡上八幡へ毎年通い続ける男・悠木と知り合った鶴見弁護士。だが、悠木にジャーナリスト殺害の嫌疑が。彼の無実を信じる鶴見の奮闘！　感動の家族ミステリー。

小杉健治の本

結願《けちがん》

殺人容疑で逮捕された大峰。彼の弁護を担当することになった鶴見だが、無実を訴える大峰のアリバイが崩れて……。事件の真実を求めて、四国お遍路へ向かう鶴見の闘い！

S 集英社文庫

奪《だっ》　還《かん》

2022年４月30日　第１刷　　定価はカバーに表示してあります。

著　者　小杉健治《こすぎけんじ》
発行者　徳永　真
発行所　株式会社　集英社
東京都千代田区一ツ橋2-5-10　〒101-8050
電話　【編集部】03-3230-6095
【読者係】03-3230-6080
【販売部】03-3230-6393（書店専用）
印　刷　株式会社広済堂ネクスト
製　本　株式会社広済堂ネクスト

フォーマットデザイン　アリヤマデザインストア　　マークデザイン　居山浩二

ISBN978-4-08-744375-2 C0193